O —

editora Urutau

rua do cajú, 478,
jardim das cerejeiras
06724-015
cotia-sp (brasil)

rua manuel pacheco nobre, 128 - 5º esquerdo
2830-080
barreiro (setúbal)
portugal

[+351] 928053619 [portugal]
[+55] 11 9 4859 2 426 [brasil]

www.editoraurutau.com.br
contato@editoraurutau.com.br

[EDITORA]
debora ribeiro rendelli
[REVISÃO]
juliana palermo
[PROJETO GRÁFICO]
wladimir vaz
[COORDENAÇÃO GRÁFICA]
tiago fabris rendelli
[DIAGRAMAÇÃO]
victor h. azevedo
[CAPA]
victor h. azevedo, sobre fotografia de robert linder

dados internacionais de catalogação na publicação (CIP) de acordo com ISBD

F383a ferreira, paula novais
ambidestria / paula novais ferreira. - cotia : urutau, 2022. 128 p. ;
13cm x 19cm.

ISBN: 978-65-5900-376-1

1. literatura brasileira. 2. prosa. I. título.

2022-3265 CDD 869.8992
CDU 821.134.3(81)

elaborado por odilio hilario moreira junior - CRB-8/9949

AMBIDESTRIA

PAULA NOVAIS FERREIRA

[primeira edição]
URUTAU
outubro de 2022

sumário

PASSADO

PRESENTE

FUTURO

Para meu pai e minha mãe,
minha primeira cidadela.

Para Antônia e Helena, o mais precioso tecido do tempo que ajudei a bordar.

Para Gustavo, cartógrafo da minha (c)alma.

O amor, ao qual podemos agora voltar, tem duas faces; (...)Tem duas mãos, dois pés, duas garras, dois, na verdade, de cada membro, e cada um é o exato oposto do outro. No entanto, estão unidos de modo tão estreito que não se pode separá-los."

VIRGINIA WOOLF, em Orlando

PASSADO

OS DENTES DO RELICÁRIO DE PRATA

Aquele deveria ser só mais um dia do lado de dentro da janela, como cabia à Isabelzinha e às meninas de sua idade. Como cabia a todas as meninas.

A mãe de Isabelzinha, sentada ao janelão, de soslaio observava o que a filha estava a aprontar, enquanto cosia as meias do marido calçadas num ovo de madeira. O olhar curioso da menina voltara-se para a casa dos vizinhos, a ponta do seu polegar a mover-se para frente e para trás dentro da boca. Percebendo sobre si o olhar inquisidor da mãe, a menina interrompeu de repente aquele vai-e-vem como quem silencia um pensamento. Não queria que ela notasse que seu dente de leite estava a se desprender. "O que estás a fazer, filha?", perguntou a mãe. "Nada, mamãe." "A carinha é de quem está a pensar em danação... Em que pensas, Isabelzinha?"

Ela pensava no Gonçalito, o filho do vizinho, cujo dente de leite havia caído. "Mourão, Mourão, toma lá meu dente podre e dá cá meu dente são", ouvira o menino gritar a plenos pulmões antes de lançar seu dentinho ao telhado, o que fez Isabelzinha despertar do marasmo da brincadeira com as bonecas. "Sabes, mamãe, eu queria que me explicasse por que o Gonçalito pode jogar os dentes dele no telhado e a senhora guarda os meus naquela caixa prateada", indagou a menina. "Ora, menina, pois tu és tu, o Gonçalito é o Gonçalito, e eu não sou a senhora mãe dele", respondeu a mãe pausadamente, sem alterar seu tom de voz, nem o ritmo dos alinhavos com que cerzia a meia ingurgitada pelo ovo de madeira. "Disso eu sei, mamãe", continuou Isabelzinha, "mas os meus irmãos, que também são teus filhos, podem jogar os dentes ao Mourão. Eu bem que gostaria que ele me mandasse um dente bem bonito", disse a menina, imaginando como a vida do Gonçalito e dos irmãos era bem mais divertida que a dela.

A mãe suspirou, pousando a costura no regaço, chamando a filha para junto de si. "Venha cá, minha pequena, deixa-me ver os teus dentinhos." Isabelzinha avançou em direção à mãe com passos firmes, orgulhosa da despedida da primeira infância, embora ainda temesse pelo destino do seu dente mole. "Então, mamãe, a senhora vai mesmo colocá-lo na caixinha prateada junto com os dentes das minhas irmãs?", desafiou a menina, a caçula de seis filhos. "Pois sim, minha filha, por que não o colocaria?", insistiu a mãe, com seu timbre firme, aveludado. "Ora, porque isso não serve pra nada! O Mourão, pelo menos, haveria de me dar um belo dente em troca do meu dente de leite", levantou a voz.

A mãe não estranhou a atitude da Isabelzinha. Ela era muito diferente das duas filhas mais velhas. Pensou que talvez ela agisse assim por ser mais próxima em idade de seus filhos homens. Ou quem sabe por ser a temporã, a quem o marido fazia todas as vontades. "Ai, ai, Isabelzinha, como és renitente!", ralhou com a pequena. "Por que não vais brincar um bocadinho com as tuas bonecas? Ainda demora a cair o teu dente, ouviste bem?", a mãe desconversou, elevando um pouco o tom de voz, sinal de que era hora de colocar uma pedra sobre o assunto.

* * *

Um relicário pode ser definido como o receptáculo dos pequenos fragmentos que sobram de algo raro, único ou muito precioso. As relíquias de Adelaide, a mãe de Isabelzinha, eram os dentes de leite de suas meninas, que ela depositava num relicário de prata. Não que os dentinhos dos filhos homens não lhe fossem valiosos. Aos meninos, contudo, ela não podia negar o gosto de uma brincadeira só por causa de um capricho seu. Não queria vê-los embaraçados se outras crianças lhes perguntassem por que eles deixavam de cumprir aquela velha tradição local. Seus meninos fariam como todas as crianças da sua aldeia, ainda que, para ela, aquele costume não passasse de uma crendice sem valor.

Os dentes das filhas mulheres, estes sim, permaneceriam junto dela, resguardados do tempo, do sol e da chuva. Tão inúteis como qualquer outro dente atirado naquele mar de telhas, disso ela não tinha dúvida. A única função daquele velho relicário cheio de dentes miúdos, Adelaide sabia, era fazê-la voltar no tempo. Ele funcionava como uma espécie de anti-ampulheta, com a areia correndo de baixo para cima a cada vez que ela espiava aqueles dentinhos. Algo que uma criança da idade de Isabelzinha jamais compreenderia. Não enquanto não crescesse e tivesse seus próprios filhos.

Atendendo aos apelos silenciosos da mãe, o dente de leite de Isabelzinha foi se soltando de sua gengiva sem nenhuma pressa até que só restasse uma minúscula fibra a sustentá-lo. Ficou assim por semanas, dependurado por um fiozinho de nada na boca da menina, que tramava modos e meios de convencer a mãe de que mais valia a pena entregar seu dente de leite ao Mourão do que guardá-lo numa caixa de prata. Na cabecinha dela, o artefato era apenas mais uma peça de decoração entre os muitos santos do altar de sua casa. De modo que, quando o fiapo de carne se rompeu de uma vez por todas, não foi só uma janelinha que se abriu na boca de Isabelzinha. Ela tomou-se de brio. Era chegada a hora daquele orgulhoso sorriso banguela confrontar quem o havia parido. "Mamãe, mamãe, posso atirar o meu dentinho ao telhado agora que ele caiu?", insistiu aos pulinhos. A pequena não havia esquecido, nem muito menos desistido, pensou a mãe.

Ela pôs no colo o bastidor com que estava bordando, encarou a filha ternamente e a abraçou com força. A menina já se imaginava recitando os versinhos ao Mourão, quando foi liberada do abraço pela mãe. Apontando para a palma da mão direita, ela ordenou que a filha depositasse ali o seu dente de leite. Isabelzinha obedeceu. Um desacato lhe custaria caro. A mãe desviou o olhar para fora da janela divisando o telhado da casa vizinha e se levantou.

"Perdão, minha filha, mas dele não posso me separar", balbuciou.

O dentinho desapareceu da vista da menina sob o punho cerrado da mãe, que, em seguida, retirou-se da sala com um ar compungido.

PENTIMENTO

Cagnes-sur-Mer, 2 de dezembro de 1919.

Meu caro amigo Bazille,

a navalha afiada sobre a mesa seria o instrumento perfeito para dar cabo às dores lancinantes que me impedem de pintar. Minhas mãos, contudo, nem mesmo semiparalisadas, poderiam conceber algo assim tão violento. Muito pelo contrário: elas me instaram a usá-la para afiar o grafite e a pôr em prática — quem sabe pela última vez — aquilo que consiste no fio condutor de toda a minha vida. Comecei, assim, a esboçar um ramalhete de peônias com a ajuda de Claude, meu filho mais novo. Tive três, e você não chegou a conhecer nem o mais velho.

Como você deve saber — se é que isso é possível —, a Grande Guerra terminou faz pouco mais de um ano. Ao longo de toda a sua duração, fui surpreendido pelas reminiscências dos debates que ocupavam as esquinas de Montmartre antes da nossa convocação para a Guerra Franco-Prussiana. Diferente de você, as arengas políticas nunca foram do meu feitio. Quem precisa ganhar o pão não tem tempo para bravatas, já dizia meu pobre pai. Se frequentar a Escola de Belas Artes dos burgueses já era luxo em demasia para o filho de um alfaiate, que dirá me distrair com as digressões dos rapazes da Paris V.

E, a bem da verdade, a política nunca me interessou, meu amigo. As coisas belas da vida me sabiam melhor. Apenas pela beleza eu ousaria me perder. Não digo que já era arte aquilo que me movia, pois eu não sabia nada de arte naquele tempo. Ao contrário de você, Bazille, que, aos vinte e poucos anos, já era um connoisseur *que emulava Bosch e outros pintores de quem eu sequer tinha ouvido falar.*

Lembrando os dias nas trincheiras, vejo que fui parar ali sem saber muito bem por que ou por quem estava lutando. Recordo apenas que você me dizia que defender a França era o que cabia a um verdadeiro cavalheiro naquele momento. E eu queria ser um verdadeiro cavalheiro. Como não? A coragem demanda do aventureiro o mesmo desprendimento que se exige de quem se dedica a perseguir a beleza das coisas. Talvez tenha sido isto o que me arrastou até lá: a beleza da aventura. E talvez seja por isso que eu não me recorde muito bem de, durante a guerra, ter sentido tanto ódio quanto eu deveria. Ódio mesmo, de um jeito cruento e extraordinário, só percebi em mim no dia em que uma Mauser arrebentou a sua cabeça, Bazille... Por outro lado, o horror me fez compreender o preço de abdicar daquilo que eu realmente desejava. E eu voltei a Paris sem desejar coisa alguma além de pintar. A Comuna de Paris não me fez parar de pintar. A Grande Guerra não me fez parar de pintar. Nem mesmo a doença e a idade avançada conseguiram refrear meu desejo de produzir mais e mais telas. Continuo encantado pelas cores e ainda persigo a hora perfeita do dia.

Nesses dias que intuo serem os meus últimos, em que assoma uma Europa alquebrada e decadente, destituída de qualquer vestígio do aplomb *da Belle Époque, indago-me se alguém como você teria feito mais pelo mundo do que eu, meu caro amigo. À maneira de um dândi, você certamente teria lutado pelos* communards, *pela manutenção da Alsácia-Lorena, pela emancipação das mulheres. Eu, por minha vez, apenas retratei a beleza delas, a frivolidade da vida mundana, os costumes burgueses. Você se lembra dos bailes no Moulin de la Galette, Bazille? Pois bem. Eu os imortalizei numa tela que me tornou bastante célebre no meio acadêmico. Diz-se que eu soube captar o espírito do tempo, seja lá o que isso signifique... Cheguei até a ganhar algum dinheiro. Posso dizer que me estabeleci como pintor.*

A essa altura, você deve estar se perguntando por que diabos resolvi escrever-lhe uma carta depois de tantos anos. Eu lhe asseguro que, de fato, nunca fui supersticioso, Bazille. Minha Aline se foi há mais de quatro anos, e, quando muito, balbucio coisas sem sentido perto de adormecer, como se ela ainda estivesse dormindo ao meu lado. No entanto, preciso lhe revelar que, nos meus primeiros esboços do Baile no Moulin de la Galette, havia a figura de um outro amigo meu além daqueles que permaneceram retratados na versão final: você. E a verdade é que você ainda continua lá. Ainda que debaixo de grossas camadas de tinta. Ainda que como mero pentimento, como um vestígio de tudo que aconteceu até ali.

Até bem pouco tempo atrás, eu não sabia explicar muito bem por que não o mantive além do esboço, meu amigo. A essa altura da vida, contudo, revisitando todo o meu percurso, percebo que naquele tempo eu não conseguia compreender por que fui eu aquele a voltar das trincheiras no lugar de um jovem idealista... Não convém aqui teorizar sobre os escambos da vida com a morte, coisa que, aliás, você saberia fazer muito melhor do que eu, companheiro. Digo apenas que eu fiz valer a vida que me foi poupada me entregando com fervor à minha vocação. Pintei todas as vezes como se fosse a última. Vivi para a minha arte. Aos trinta e cinco anos, porém, quando eu ainda estava em busca de dinheiro e de, quem sabe, algum reconhecimento, eu não poderia ter me arriscado a emprestar qualquer projeto de glória a você, suscitando lembranças sobre o seu heroísmo. Agora, contudo, é chegada a hora do acerto de contas com o passado.

— Papai, isso é tudo ou ainda quer me ditar mais alguma coisa?

— Sim, isso é tudo. E não me olhe com essa cara. Você já nasceu o filho de um pintor renomado. Não conseguiria mesmo entender o que eu passei. Ande, me dê aqui para assinar, Claude. Depois lacre. Quando eu morrer, encaminhe à Escola de Belas Artes de Paris com os documentos que estão naquela caixa.

Pierre-Auguste Renoir

AMBIDESTRIA

À espera do décimo filho, Odessa não tinha mais forças para pelejar com Ambrósio sobre o nome da criança que iria nascer. Nas nove gestações anteriores, ela havia conseguido driblar o marido, que insistia na criação de um prenome resultante da junção dos nomes Ambrósio e Odessa. Acabou cedendo na décima gravidez, pedindo a Deus que aquela fosse a última criança do casal. A única condição que Odessa impôs a Ambrósio foi poder escolher um apelido para o bebê sem sua interferência. Queria dar um jeito de protegê-lo daquele nome inventado.

Ambrósio acreditava que o nome escolhido para a criança teria influência sobre a sua personalidade. Com esse bendito nome, ela supostamente cresceria estudiosa como ele e gentil como Odessa. Depois de meses de discussão, pai e mãe decidiram o nome do bebê quase às vésperas do seu nascimento: Odésio ou Dedé, se fosse um menino e Ambidessa ou Bibi, se fosse uma menina.

No dia 28 de outubro de 1930, enquanto Ambrósio aproveitava uma pausa no movimento da sua pequena livraria para ler notícias sobre os desdobramentos do golpe de Estado ocorrido no último dia 24, a parteira entrou para avisar que estava a caminho de sua casa. Dona Odessa mandara chamar. Ele não se surpreendeu, porque já estava mesmo na hora de a criança nascer. Fechou a loja o mais rápido que pôde e saiu a passos largos. Por mais que fosse o décimo filho, partos tinham vontade própria naquele tempo. O quarto bebê havia morrido ao nascer. Ambrósio prometera, então, a São Judas Tadeu, padroeiro do dia, que, se Odessa sobrevivesse e o bebê nascesse com vida, o chamaria de Odésio Tadeu. Ou Ambidessa Judite. O santo teria que se contentar com o segundo nome. Do primeiro, ele não abria mão nem para cumprir promessa.

Chegando em casa, Ambrósio avistou pela janela da cozinha os filhos mais novos brincando no quintal, enquanto suas irmãs mais velhas ataviavam com rendinhas o mandrião de organdi que fora usado no batizado de todos os nove filhos. Como era bom ser criança e ignorar o alcance de certas tragédias, pensou Ambrósio, recordando-se da morte do quarto bebê, seu primeiro filho homem. Desde aquele dia, ele se tornara um tanto descrente de que coisas boas pudessem lhe acontecer, a menos que de fato acontecessem. Apesar disso, tocou a vida adiante. Como cabia aos homens do seu tempo. Quando a melancolia rondava, ele olhava para o outro lado e partia para sua livraria.

Ao ouvir o primeiro vagido do bebê, Ambrósio se esqueceu do passado em um segundo. Disparou rumo ao quarto feito estivesse para perder o último bonde. E agradeceu a São Judas Tadeu. Assim como fizera a Santo Antônio em 13 de junho de 1920, quando nasceu Emília Antônia, a Mimi, sua quinta filha. Quando viu Odessa com o bebê em seus braços, agachou-se ao lado da mulher, que arfava e sorria, as veias da testa em relevo. As têmporas suadas e o rosto em brasa denunciavam que o parto havia sido exaustivo. Apresentado à pequena Ambidessa Judite, a Bibi, Ambrósio se encantou imediatamente pela menina, que já nasceu encarando o pai com seus olhos azuis.

Nos dias que se seguiram ao nascimento de Bibi, Ambrósio corria para fechar a livraria mais cedo. Chegando em casa, ele beijava Odessa na testa e ia ver a menina no berço. "Bibi, você é uma menina única, diferente dos seus irmãos, sabia? Você tem um pouco do papai e da mamãe no seu nome. Vai ser uma menina doce como a sua mãe e amiga dos livros como eu", sorria orgulhoso. Ela balançava as perninhas como se reconhecesse o pai.

Encostada no batente da porta, Odessa ouvia o marido a distância, sorrindo com ternura, embora continuasse a achar aquela junção de nomes uma bobagem sem tamanho. Sem falar que Bibi ficava cada dia mais parecida com a sua sogra, Dona Venância, mulher geniosa que largou o marido na primeira pulada de cerca e foi criar os filhos em Belo Horizonte, só regressando da capital depois que todos os filhos, meninos e meninas, terminaram seus estudos. Ninguém punha cabresto em Dona Venância. Era ela quem ganhava o sustento da família — algo bastante incomum naquele tempo —, costurando vestidos de noiva para a alta sociedade belo horizontina. E, como Dona Venância não aturava desacato de marido, ela não precisava desforrar em

Odessa as amarguras de ser mulher. Nora e sogra se entendiam muito bem. Mesmo assim, Odessa temia que a semelhança de Bibi e Dona Venância não se limitasse apenas a seus traços físicos. Ambrósio não suportaria uma réplica da mãe em sua vida.

Sem muito tempo para vigiar as diabruras de Bibi, Odessa foi vendo a menina crescer espevitada e atrevida. Caçula de muitos filhos, Bibi acabaria se criando sozinha não fossem os cuidados de Mimi, sua irmã mais velha, madrinha e protetora. Ela gostava de vestir a irmã mais nova feito uma boneca. A menina, no entanto, arrancava os sapatos, as meias e os laçarotes assim que a irmã saía para passear. E, nos dias em que Mimi não podia vesti-la, o ritual de embonecamento nem começava. Bibi não respeitava suas outras irmãs. Se elas fossem designadas para a tarefa de arrumar a menina, ela esperneava, mostrava a língua e partia em disparada para a horta nos fundos da casa. Ou para onde quer que seus irmãos estivessem brincando. Nos dias de chuva, escondia os sapatos debaixo da cama e ia andar com eles na enxurrada.

Aos sete anos, Bibi iniciou seus estudos no grupo escolar, onde percebeu que era uma das poucas meninas da escola. Não demorou muito para que ela constatasse também que a escola era bem mais enfadonha para as garotas do que para os meninos. Na hora do recreio, enquanto eles eram liberados para brincar no pátio, Bibi era obrigada a sentar-se com as outras poucas alunas para aprender a bordar, a costurar ou a pintar em tecido. Ali não havia alternativa. Era obedecer ou ajoelhar no milho. Bibi, então, foi trocando as pirraças pela astúcia para fugir das tarefas que considerava mais aborrecidas. Oferecia-se para ajudar a lavar as escadas da escola e a louça do refeitório. Um belo pretexto para se molhar inteira e ser mandada para casa para trocar de roupa.

A esperteza de Bibi, no entanto, não foi suficiente para desviá-la de seu embate diário com Dona Zelita, a professora do primeiro ano, uma velha encarquilhada e cruel. Ao perceber que Bibi era canhota, a professora passou a infernizar a menina para que ela se tornasse destra. Assim que Bibi chegava à sala de aula, Dona Zelita amarrava sua mãozinha esquerda à carteira do lado, de modo que ela apenas pudesse usar a mão direita. "Essa sim é a mão com que gente de bem escreve, Bibi." Certo dia, a menina não pôde mais conter sua revolta por causa da mão esquerda amarrada. Nem um bicho se trata desse jeito, pensava Bibi, tomada de raiva. Num rompante, ela saiu correndo, arrastando a carteira amarrada ao pulso esquerdo pelo corredor da escola. "Corre, sabugo de milho, corre!", as crianças zombavam do cabelo cor de palha de Bibi, cheias de inveja de tamanha força física numa menina tão franzina.

Nem a lembrança da palmatória de Dona Zelita — que certamente aguardaria por Bibi com o instrumento de tortura na mão — dissuadiu a menina de correr o mais rápido que pôde. Parecia mesmo que ela levaria a melhor, apesar dos inspetores em seu encalço e da carteira escolar amarrada a seu braço. Até que acabou agarrada, com o pulso já em carne viva, no portãozinho estreito que ligava o corredor lateral à saída da escola. Capturada por um bedel que ela própria havia apelidado de Zé Coruja, Bibi foi levada diretamente para a sala da Diretora Jandira, outra velha carne-de-pescoço. O corretivo a ser aplicado, planejado pelas duas bruacas, finalmente colocaria no bom caminho aquela alminha perdida, pensavam elas. Foram cinco palmadas na mão aberta e vinte minutos ajoelhada em caroços de feijão.

Quando foi autorizada a sair do castigo, os joelhos já esfolados, Bibi voltou para a sala de aula sem um sinal de choro sequer. "Não precisa mais amarrar a minha mão esquerda, Dona Zelita. Eu aprendi a lição." A professora a colocou na primeira fila, bem próxima de si, para que pudesse fiscalizar com qual das mãos Bibi iria escrever dali por diante. Na sua frente, Bibi usava a mão direita. Bastava a jararaca virar de costas, para que ela mudasse o lápis de mão. E foi assim, passando o lápis de uma mão para outra, completando as palavras com a mão oposta àquela com que começara a escrevê-las, que Bibi foi se tornando ambidestra.

No início, Bibi escondia a ambidestria dos pais e dos irmãos, pensando que escrever com a mão esquerda fosse coisa do demônio, como insinuava a professora. Até que um dia perguntou à Vó Venância que é que tinha ela ser canhota. "Minha filhinha, maldição é essa professora atrasada que você tem. Ô mulherzinha tacanha! Ela deve ter ouvido essa idiotice por aí e saiu repetindo. Gente burra é assim, repete por repetir." "A Dona Zelita é burra, vovó?", Bibi gargalhou. "Muito burra! E burra do pior tipo. Uma burra cruel, que não tem vergonha da burrice. Por favor, minha filha, nunca dê ouvidos a essa sua professora!"

Daquele dia em diante, Bibi deixou de ter medo de escrever com a mão esquerda perto dos pais, dos irmãos ou de quem quer que fosse. Seguia, no entanto, preferindo usar a mão direita. Não queria destoar da parte destra da humanidade. Detestava ficar para trás. Um dia, ao ser desafiada pelo irmão Mariano a responder o que era uma raiz quadrada, Bibi, que não sabia a resposta, resolveu exibir sua habilidade, escrevendo o nome e o sobrenome dela com as duas mãos ao mesmo tempo. Mariano ficou maravilhado e sugeriu que os dois ganhassem uns trocados exibindo o talento dela na escola. "Sai pra lá, João Bobo! Tá achando que eu sou mico de circo pra você ganhar dinheiro nas minhas costas?", deixou Mariano falando sozinho. Ela sabia que aquela proposta não passava de fogo de palha. Retirou-se do desafio enquanto ainda estava por cima.

Quando Bibi terminou a escola, aos dezoito anos, Ambrósio passou a permitir que a filha lesse o jornal que chegava da capital todos os dias. Ela gostava de participar das conversas dos irmãos durante o jantar, porém pouco conhecia dos assuntos da política. De modo que o pai passou a incentivar que Bibi se inteirasse das notícias com mais frequência. Ela também gostava de entreter a família imitando as cantoras do rádio de quem era fã, como Carmen Miranda e as irmãs Linda e Dircinha Batista. Admirava a ousadia daquelas mulheres, que, em suas marchinhas e sambas-canção, falavam de amor e de suas aventuras no Carnaval do Rio de Janeiro. Diferente de seus ídolos, o máximo de liberdade que Bibi pôde tomar para si foi trabalhar com o pai na livraria. O que serviu, pelo menos, para que ela se livrasse da lida doméstica, que, ao contrário das irmãs, ela detestava. Por isso mesmo, Bibi não podia nem ouvir falar em casamento, assunto a que ela tinha aversão. "Vestido de noiva é uma mortalha, minha filha! A mulher se casa e depois morre pro mundo", advertira-lhe Dona Venância.

Ambrósio e Bibi se entenderam muito bem nos primeiros tempos em que ela passou a trabalhar com o pai. Ele chegou a ficar encantado com o interesse da jovem pelos livros. Uma bela surpresa diante da falta de paciência de Bibi com a escola, que ela havia concluído aos trancos e barrancos. Foi só flagrá-la escondida no almoxarifado lendo 'Madame Bovary' que Ambrósio decidiu afastá-la da arrumação das estantes. "De agora em diante, você vai se ocupar da decoração da vitrine, da limpeza da loja... De coisas mais apropriadas para uma moça solteira, filha", girou a chave da porta do almoxarifado. Decepcionada com o pai, Bibi arranjou uma desculpa e nunca mais voltou ao trabalho.

No domingo que se seguiu ao término de sua empreitada na livraria, Bibi foi convocada pela mãe, muito a contragosto, para acompanhá-la à missa junto com suas irmãs. Odessa ainda tinha alguma esperança de dar um jeito em

Bibi. Queria apresentá-la aos filhos de suas amigas. Mas não foram os jovens da idade dela que chamaram sua atenção. Havia ali um grupo de freiras ocupando os bancos da frente junto ao coral. Sorridentes, elas conversavam entre si em uma língua estrangeira. Não lembravam em nada a carrancuda Dona Matilde, uma beata papa-hóstias que mandava na casa paroquial. Vendo as freirinhas conversar animadamente, Bibi não resistiu e apertou o passo para alcançá-las ao final da missa, afastando-se um pouco da mãe e de suas irmãs. Conseguiu aproximar-se da corpulenta Irmã Cecília, que caminhava gingando as carnes por debaixo do hábito. "Bom dia, Irmã. Como vai? Me desculpe incomodar a senhora. É que... escutei as freiras falando uma língua diferente... É o que? Italiano?", perguntou com indisfarçável curiosidade. "Não, filha. É francês. Somos dominicanas, da Congregação de Nossa Senhora do Rosário de França. Nosso convento fica em Uberaba. Estamos de passagem, a caminho de Petrópolis. Vamos cantar no batizado de um principezinho."

Que maravilha poder cantar em francês para um príncipe, pensou Bibi, sua imaginação dando voltas, fazendo com que ela sentisse inveja até de uma velha freira num hábito escuro e abafado. "Irmã Cecília, por favor, quando a senhora for embora, posso ir com vocês?", suplicou à freira, como se ela não fosse uma religiosa, mas a diretora de uma trupe de circo. Irmã Cecília quis saber se ela tinha sido alfabetizada, se conhecia as quatro operações e se era boa cantora. "Irmã, eu sou muito esperta! Não só sei ler e escrever, como escrevo com as duas mãos ao mesmo tempo. Na escola, todo mundo ficava impressionado comigo. Além disso, sou ótima com o escovão, sei passar e engomar, não sei o que é preguiça. E, claro, canto muitíssimo bem!" "E seus pais vão permitir que você se torne freira, minha filha? Acho que você não faz muita ideia do que é a vida de uma religiosa", cruzou as mãos sobre a barriga. "Desde que eu não tenha que fazer voto de silêncio, aceito qualquer coisa pra sair daqui", Bibi desviou o olhar da freira que a encarava. Bibi estava mentindo. Sua ideia era fugir do convento assim que a primeira oportunidade aparecesse. A freira riu, lembrando-se de si mesma há exatos trinta anos, pensando no choque que aquela menina sentiria quando experimentasse o catre duro e a cela fria pela primeira vez. "Não está esquecendo nada, menina? E seus pais?", perguntou Irmã Cecília. "Ah, irmã, meus pais vão achar lindo uma filha freira."

Mentira também. Seus pais detestariam vê-la partir. Ela era a caçula. Em breve, seria também a última filha ainda morando em sua casa. Sua mãe a queria casada, cheia de filhos. O pai não acreditava em freiras bondosas. Tinha medo de mulher que preferia viver sem homem, a exemplo de sua mãe, Dona Venância. Não sabendo como dar a notícia, Bibi esperou a hora do jantar. Os pais se empanzinaram de canjiquinha com costelinha de porco sem saber o que teriam de sobremesa. "Papai. Mamãe. Decidi que quero ser freira." Ambrósio ficou boquiaberto, as mãos estiradas ao longo do corpo. Odessa quase desmaiou. Não tinham a menor ideia de que Bibi desejava ir embora de casa para viver longe de tudo, enclausurada. Aquele anúncio, feito de chofre, deixou os irmãos em polvorosa. "O que é isso, Bibi? Ficou louca?", perguntou Mariano. "Justo agora que está faltando menos de um mês pro meu casamento? Que ideia maluca!", lamentou Mimi.

Passado o choque, Odessa respirou fundo. Empostou a voz de um jeito que não era do seu feitio, num timbre grave, que usava apenas quando os filhos passavam completamente dos limites. "Ambidessa Judite, tire isso da sua cabeça! Eu e seu pai já estamos velhos demais pra esse tipo de desgosto. Você só sai de casa se arrumar um marido. E, com esse seu jeitinho, isso está cada dia mais difícil. Mas freira você não vai ser. Ponto final!"

Bibi fingiu acatar a ordem de Odessa, mas, toda vez que a mãe lhe perguntava se havia esquecido o convento, saía pela tangente. "Uai, mamãe, depende, né? Vai que eu não arrumo um marido, vocês dois morrem... Aí não teria nada demais eu ir pro convento." "Que horror, Bibi! Parece que está me agourando!", Odessa mudava de assunto no mesmo instante.

A verdade é que Bibi passava todos os dias pela livraria, tentando encontrar uma oportunidade de convencer o pai quanto a sua ida para o convento. Mas, quando entrava no assunto, o pai logo desconversava. Certo dia, levou uma compota de figo para o pai depois do almoço. Com um tom de voz atipicamente manso, disse que andava muito interessada na vida dos santos. Perguntou-lhe se ele poderia indicar algum livro sobre a história de Santa Teresinha de Lisieux. O pai apontou a prateleira em que o livro se encontrava. Bibi começou a lê-lo em voz alta, enquanto o pai limpava dos bigodes a calda do doce. "Teresa recebeu cedo seu chamado religioso e, apesar da resistência familiar, conseguiu, em 1888, com apenas quinze anos, tornar-se freira, para juntar-se às suas duas irmãs mais velhas no Convento de Lisieux, na Normandia..." Ambrósio percebeu onde a filha queria chegar. "Olhe, Bibi, em toda a sua vida, eu nunca te vi um dia sequer indo à igreja sem que fosse por obrigação. Se você conseguir me provar que essa história de ir pro convento nasceu de uma vocação e não de um capricho seu, pode ser que um dia eu até venha a concordar... Agora chispa daqui, que eu não aguento mais essa sua conversa de carola de araque."

Bibi saiu da livraria de cabeça baixa, pensando que não servia para nada. Nem para se casar, nem para ser freira. Ficou rodando sem rumo pela cidade, sem conseguir pensar em nada que pudesse fazer o pai mudar de opinião. Afinal de contas, ele tinha mesmo razão. Ela era uma carola fajuta.

Sentiu fome. Pegou uns trocados que ganhara do pai, passou na venda do Seu Antero, comprou duas laranjas. Não queria ir direto para casa. Pegou emprestada uma faca com o dono da venda para poder descascar as laranjas na praça. Na saída do mercadinho, esbarrou em um rapaz alto, de olhos verdes. Tinha os cabelos penteados para trás, domados com gomalina. O moço era tão bonito que Bibi entrou novamente para dar mais uma olhada nele. Simulou para o Seu Antero ter esquecido uma encomenda da mãe. Disse que ia dar mais uma olhada nas prateleiras. Reparou, então, que o rapaz estava muito bem vestido para ser alguém das redondezas. Usava camisa abotoada para dentro da calça, sapatos de couro combinando com o cinto. Levava um jornal debaixo do braço, o que Bibi achou sinal de inteligência. Seus olhares se cruzaram. Dessa vez, foi ele quem notou os cabelos muito louros de Bibi. Quando ela saiu, o rapaz foi atrás dela, esquecendo o atendente a quem havia pedido um maço de cigarros. E apertou o passo para segui-la.

Bibi percebeu que vinha sendo acompanhada a distância pelo moço bonito. Olhou para o céu. O tempo estava virando, as nuvens carregadas. Desistiu de seguir até a pracinha para chupar as laranjas, que trazia numa sacola junto com a faca. Foi andando cada vez mais devagar até entrar na estação ferroviária. E fingiu não notar que o moço continuava a se aproximar dela. Depois, procurou um banco da estação mais afastado da entrada. Temia que algum conhecido de sua família estivesse passando por ali. Se ela fosse descoberta tentando puxar assunto com um estranho, seus pais certamente a reprovariam. Talvez a proibissem de andar desacompanhada. Bibi, no entanto, não via mal nenhum em dar corda a um rapaz tão bem apessoado. Estava ansiosa para ver onde aquilo iria chegar. Seus planos de virar freira tinham ido por água abaixo.

O rapaz localizou onde Bibi havia se sentado e caminhou até ela. Pediu licença, ocupando a outra ponta do banco. Depois enterrou a cara no jornal que havia trazido, cobrindo todo o seu rosto. Bibi estranhou aquela atitude, o que, no entanto, não a fez desistir de entabular uma conversa. Sua curiosidade era imensa. "Por favor, será que você poderia me emprestar a parte que tem a coluna social?" A vida das madames de Belo Horizonte nunca havia interessado a Bibi, mas, pelo menos, aquela seção era inofensiva. Ela não queria parecer avançada demais aos olhos do rapaz. Ele entregou a ela o jornal inteiro sem fazer qualquer comentário. E deu uma olhada ao redor, como se também estivesse preocupado que alguém os visse. Vai ver que é tímido, pensou Bibi. Decidiu mudar de tática. "O tempo fechou, não? Estava tão quente mais cedo, agora essa ventania. Acho que vem chuva por aí. Vou andando antes que ela me pegue", Bibi se levantou. Mal terminou a frase, ouviram um trovão estrondar. "Espera. Acho melhor você aguardar a chuva passar", o rapaz estendeu a mão em cumprimento. "Muito prazer, sou Heitor." A oportunidade de se demorar ao lado do bonitão por conta da chuva pareceu a Bibi um golpe de sorte.

"Sou primo do chefe da estação", o rapaz disse, oferecendo-se em seguida para levá-la em casa. "Você se incomodaria de me acompanhar à casa do meu primo para apanharmos um guarda-chuva?" Bibi hesitou. "Mas acabamos de nos conhecer..." "Olha, não precisa ficar com vergonha. A esposa dele está em casa. É o tempo de pegarmos um guarda-chuva pra mim e uma sombrinha pra você. É logo ali, em cima da bilheteria."

Bibi tentou não pensar nos conselhos da mãe e de Mimi quanto à importância de ser — e de parecer — uma mulher honesta. Não podia perder a chance de saber quem era Heitor, de conhecê-lo melhor. Olhou a sua volta, assegurando-se mais uma vez de que não havia por ali nenhum amigo de seu pai ou de seus irmãos. Sobressaltada, decidiu aceitar o convite. Levantaram-se e começaram a caminhar em direção à bilheteria, Bibi tentando acompanhar os passos largos do rapaz. Ao passar pela bilheteria, ele indicou que dobrassem à direita. "Por aqui, por favor. O apartamento do meu primo fica no andar de cima." Subiram as escadas lado a lado. Quando Bibi se deu conta de onde estava, ficou com medo. Haviam subido uma escadaria mal iluminada, que dava num platô sem janelas. Era o rol de entrada para uma porta trancada, atrás da qual parecia não haver ninguém. Tudo escuro e silencioso.

Bibi tentou manter a calma. Tocou a campainha. Nada. Tocou novamente. Nenhum sinal de movimentação vindo do lado de dentro, nenhum ruído de passos se aproximando atrás da porta. Silêncio absoluto. "Devem ter saído, que pena", dissimulou o rapaz, que passou a mão esquerda em torno dos ombros de Bibi. Percebendo que ele desafivelava o cinto, Bibi puxou da sacola a faca que pegou emprestada na vendinha do Seu Antero, temendo pelo pior. As laranjas rolaram silenciosamente pela escada abaixo.

O falso Heitor empurrou Bibi contra a parede, imobilizando o seu braço direito. O sujeito esperava que a força dela predominasse apenas naquela banda do corpo. Ele a havia observado fazer uso da mão direita na vendinha do Seu Antero. Acreditava que seria fácil dominá-la desse jeito. Quando agarrou Bibi de frente, tentando levantar sua saia, ela cravou a faca em suas costas com toda a força de sua mão esquerda. O golpe atingiu precisamente o pulmão direito de seu agressor. Ao vê-lo cair, Bibi empurrou o corpo do homem, que capotou pela escadaria. Desceu correndo. Chutou o impostor até cair de joelhos, aos prantos, as mãos sujas de sangue. Em pouco tempo, pessoas que passavam pela estação ouviram os gritos de Bibi. A polícia foi chamada e a levou para a delegacia.

Bibi acabou processada por homicídio doloso, como se tivesse sido ela a autora de uma emboscada na estação de trem. Ninguém acreditou em sua alegação de legítima defesa. Não tinha havido defloramento, e o único sinal de luta era um leve hematoma no braço direito. Foi condenada a cumprir quinze anos de reclusão no Presídio Agrícola de Ribeirão das Neves.

Anos depois de sua visita àquela penitenciária, o Presidente Juscelino Kubitschek relataria a amigos a pitoresca história da detenta Alemoa. Que, depois de se apresentar com o coral do presídio para sua comitiva, conversou com ele em francês, idioma que ela havia aprendido por correspondência durante o tempo de reclusão. A detenta também era ambidestra. E escrevia cartas para as presidiárias analfabetas. Ela usava as duas mãos ao mesmo tempo.

RESCALDO DO SÃO JOÃO

Passasse meu marido Silésio pela cozinha a caminho do terreiro, eu já sabia que era no intento de bulir comigo. A passagem que ligava a cozinha com a varandinha de fora era apertada. Tinha caminho muito mais folgado que aquele. Se ele escolhia passar de través me espremendo contra o fogão de lenha, era só porque queria se relar em mim com a perna dele. Desde quando a gente se casou em 1952, era assim que ele fazia pra eu me espertar. No começo, eu até socava o pilão mais devagar, quando ouvia a percata dele se arrastando na minha direção. Só que tem que, a cada embolada dessa, o treloso me fazia um filho novo. E com aquela filharada toda — onze no total, dez nascidos vivos —, eu fui ficando mais pacata de pouco em pouco. Feito engenho de fogo morto. Nessa altura, quando Silésio envinha com as chinelas tataranhando, eu tocava pra fora da cozinha, escapulindo com algum menino no colo.

O Silésio é muito limpo. Conforme fala a minha comadre Catirina, ele não anda com mais ninguém além de mim. E eu acredito, porque Catirina é braba que só a gota, e foi meu compadre que disse isso pra ela. Meu compadre Petrônio não se faz de enxerido com ela, não. Ela dá de cinto nele se ele andar fora da linha. Já o Silésio nunca me bateu. Então, de quando em vez, eu ainda me deito com ele de modo a lhe fazer um gosto. Não quero homem aperreado comigo, não. Eu já vi muito homem de paz que nem o Silésio puxar da peixeira depois que bebe. Comadre Catirina conta que, uma vez, a avó dela viu o coisa-ruim soprando desgraça dentro da cachaça que o avô dela bebia. Eu não acredito nisso, não. A cachaça é que é a mãe da mentira. O demônio só pega emprestado aquilo que o homem vende barato.

E eu dou muito valor pra meu Silésio. De noite, eu ainda sonho com ele. Sonho bem muito. E, quando eu me deito com ele na minha cabeça dormida, eu tremeleio de verdade. Parece que a gente está acordado mesmo, mais vivos que pestana de moça risonha. A gente começa dançando uma música que toca mais baixo e depois vai aumentando, que nem quando a gente gira o botão do rádio pra ouvir melhor, e a música vai subindo, subindo, subindo. Eu acordo com a nuca suada, resfolegando toda, com o rosto quente de dançar e bater coxa com o Silésio. Olho pro lado e o Silésio está lá: dormindo com a boca aberta, o pé pra fora da cama.

Aí eu me levanto pra botar o café, e começa tudo outra vez. O corpo já sai da cama moído de tanto menino que carregou enganchado na cintura nos últimos anos. Eu acho que nem consigo mais parar com a espinha reta porque, sempre que eu pegava um filho no colo, um maiorzinho vinha e se dependurava na minha saia, pedindo pra eu dividir com ele o que quer que eu estivesse dando pro mais novo, fosse chamego, comida ou limpando as ramelas. A verdade é que o meu corpo foi tomando o costume de ficar meio de banda.

Se fosse só o cansaço do corpo o que me atrasa de deitar com o Silésio, ainda estava é bom. Eu acho que o que eu também tenho é um tico de medo de morrer se eu pegar barriga de novo. Da última vez, a menina resolveu entalar já quase coroando. Não saía de dentro de mim nem por reza. Foi na última hora que Catirina conseguiu virar ela um bocadinho de lado. Ela saiu me arrebentando toda. Quase que ela morre e me leva junto. A bichinha demorou a chorar, mas foi tanto que dava tempo até de rezar uma Salve a Rainha de trás pra frente. De vez em quando, eu ainda tenho pesadelo com isso. Eu acordo atarantada, berrando. Aí Silésio me abraça forte e eu me aquieto.

Sonho bom foi outro que tive com ele outro dia dançando comigo todo perfumado. Eu queria que os nossos dias fossem assim de verdade, com ele vestindo uma camisa xadrez de festa, todo elegante. Até relógio de pulso o homem estava usando no meu sonho! Já eu, aparecia com o cabelo bem toucado numa rede prateada, a pele brilhando pegajosa, de tanto dançar agarrada nele. E, pra completar, eu cheguei a sentir a boca do danado beijando todo o meu pescoço. De tão real que o sonho foi, eu acordei assoviando.

Eu desconfio que esse sonho vem de uma música de Luiz Gonzaga que a gente costumava dançar juntos quando começou a namorar. Sempre que escuto essa música no rádio, eu me lembro daquele tempo. Como é que ele canta, mesmo? É aquela música, em que ele dança com a mulher na sala de reboco... Lembrei! Ele fala assim: *o nosso amor pede mais fuga do que essa que nos dão.* É, eu acho até que essa música ainda me serve bem. Eu bem que queria ter mais fuga do que só sonhar.

Mas não faz mal, não. De sonho em sonho, eu vou escapulindo um bocadinho e acordo com mais vontade de viver. E também vou aguentando a lida de todo dia e a espera até junho, mês de folguedo, mês de São João Menino, de São Pedro, de Santo Antônio.

Quando chega junho, eu só falto caminhar com a coluna reta de tanta alegria. A gente dança a noite toda. E depois se alivia. É danado de bom poder voltar àquela idade boa, em que, só de ver Silésio, o coração fisgava o corpo. Porque, no mês de junho, eu sonho mesmo é acordada. Em junho, eu sou brasa atiçada. No resto do ano, rescaldo do São João.

JERÔNIMO DOS SINOS

São três horas da manhã. O vidro embaçado do ônibus confirma a friagem que sinto no corpo. Cruzo os braços numa tentativa de manter o corpo ereto, mas a cabeça pesa para frente e chicoteia no ritmo lento das minhas pálpebras. Preciso manter os olhos abertos. A parada final fica em Ponta de Areia, a oitenta quilômetros de onde tenho que descer. E, na dureza em que eu ando, não posso me dar ao luxo de dormir e passar do ponto. Sem chance do meu chefe pagar por uma bobeada dessas.

Finalmente, ouço o chiado do ônibus freando, e o motorista grita:

"Augusta, Augusta, parada de Au-gus-tá."

Desço do ônibus batendo o queixo e me dirijo sonolento até o ponto de táxi. Constato que a rodoviária de Augusta não passa de uns três guichês amontoados atrás da calçada onde os ônibus estacionam e os táxis fazem fila. Peço para o motorista tocar para o Hotel Codajás, onde chego em menos de dez minutos. Nada é muito distante na cidade de Augusta.

O quarto do hotel é modesto, com poucos móveis e cama apertadinha, mas o cheiro de desinfetante e a manta de lã xadrez dobrada em cima da cama me deixam mais calmo. Vai dar pra fazer um bonito com a ninharia da diária que recebi do IPHAN. Tiro os sapatos, me meto debaixo da coberta de lã e durmo pesado até acordar com o telefone tocando às oito e meia:

"Bom dia, seu Tobias. Desculpa acordar o senhor, mas é que o café da manhã acaba daqui a meia hora."

Escovo os dentes correndo e desço atabalhoado pelas escadas de corrimão arranhado. Quase escorrego. Largo minhas coisas numa mesa de canto e corro para pegar o que restou dos pães de queijo. Coloco um na boca e me delicio com sua textura muito diferente daquela borracha que servem na lojinha de esquina na rua do IPHAN. Mal me sento, aparece uma funcionária segurando um bule em cada mão:

"Bom dia. O nome do senhor é Tobias, né? O senhor me desculpa eu ter tocado o telefone agora de manhã. Mas é que o seu Geraldo me falou que o senhor chegou do Rio ontem de madrugada, e eu fiquei com dó do senhor perder o café. Tá com fome, seu Tobias? Quer que faça um ovinho mexido? Ali tem queijo bem fresquinho, presunto da padaria da Dona Mariana... Aqui é tudo muito simples, mas tudo muito limpinho, muito fresco. Deixa eu perguntar uma coisa: o senhor vai ficar aqui quanto tempo? Seu Geraldo me disse que ocê veio..."

"Ô Aparecida, sai daí e deixa o moço tomar o café dele. Parece maritaca. Oi, seu Tobias, tudo bom com o senhor? Prazer, Geraldo Viana."

"Oi, seu Geraldo, tudo bem? Prazer", estendi a mão àquele homem que tinha idade para ser meu pai, enquanto tentava tomar um gole do café com a mão esquerda mesmo.

"O senhor veio foi pra trabalhar lá na estação do trem, não é? A sua secretária me falou. Me disse que o senhor vinha pra cá pra fazer umas pesquisas sobre o que a Rede Ferroviária ainda deixou de pé."

"O senhor tá bem informado, seu Geraldo. Só que ela não é minha secretária, não. É só uma funcionária que cuida desses assuntos de viagem lá no IPHAN."

"Ah, bem, o senhor me desculpe. Posso chamar o senhor de você? Você é tão novinho. Você me desculpe ter fuxicado, mas sabe como é... Gente estranha vinda do Rio de Janeiro, né? Não é muito comum por aqui. Não gosto de bagunça no meu estabelecimento. Você entende, não é seu Tobias?"

"Entendo, não tem problema não, Seu Geraldo", respondi, enquanto conseguia finalmente mastigar meu pão de queijo, pensando que aquele sujeito até que era simpático, embora fosse tão intrometido quanto a moça que ele tocara de volta para a cozinha. Parecia ser uma dessas pessoas que nunca encontrava o número suficiente de interlocutores para gastar a sua cota mínima de palavras faladas por dia. E, quando via uma oportunidade de conversar, queria dar o melhor de si.

"Ô, Tobias, se você quiser pegar mais coisas, pode falar que eu mando a Aparecida esperar até às nove e meia."

"Não precisa não, seu Geraldo, obrigado. Eu tenho que ir lá pra estação daqui a pouco. E ainda tenho que passar na Prefeitura antes para pegar as chaves."

"Quer carona? Eu te levo. Eu tenho que ir lá pros lados da estação, mesmo."

Hesitei um pouco sem graça, mas não me fiz de rogado. A grana andava mesmo curta. Além disso, eu ainda não conhecia os meandros da minúscula cidade de Augusta. De fato, a presença dele fez toda a diferença quando chegamos à Prefeitura para pegar as chaves da estação. Tudo resolvido em tempo recorde.

No jipe do Senhor Geraldo, eu pude divisar da janela do carona alguns parcos cafezais espalhados pelas montanhas verde e ocre que cercavam a cidade. Eram os resquícios de uma riqueza apagada por sucessivas crises econômicas, assim como as poucas cabeças de gado pastando morro acima, que, vistas de tão longe, mais pareciam ovelhas.

De acordo com os documentos que consultei como preparação para o trabalho de pesquisa, a estação de trem que eu ia visitar também era uma marca da época de ouro do café. E, como tudo naquela região, foi perdendo seu colorido lentamente: primeiro veio a Grande Depressão de 1929, e depois a Segunda Grande Guerra. Mais tarde, foi o transporte de passageiros que foi interrompido, e a maria-fumaça parou de cantar em 1964. A estrada de ferro que passava por Augusta perdeu de vez o viço quando os imponentes trens de carga transportando minério de ferro foram substituídos por uma procissão de acanhadas caçambas organizadas em fila indiana, com o ventre vazio exposto ao sol, indo para lá e para cá, ligando nada a lugar nenhum.

Chegando na porta da estação, eu percebi que não iria me livrar do senhor Geraldo tão facilmente:

"Tobias, deixa eu te acompanhar até lá em cima. Eu conheço um bocado de história sobre a estação de Augusta."

"Imagina, seu Geraldo. O senhor já fez muito por mim."

"Não, filho, não é trabalho nenhum. Olha, o vigia da estação é meu amigo de infância, a gente jogava bola naquele campinho ali, tá vendo? Comigo aqui, você pode ficar despreocupado que ele não vai te amolar. Você vai poder bisbilhotar à vontade."

"Eu sei, seu Geraldo, mas é que..."

Não adiantou nada. Ele começou a bater palmas, gritando:

"Ô, Belmiro. Ô, Belmiro. Tem um moço aqui comigo que quer conhecer aí dentro."

Na minha inocência de burocrata do Rio de Janeiro, eu imaginava que sairia lá de dentro um funcionário uniformizado com roupa de guardinha. Em vez disso, eis que me aparece um outro homem de meia-idade, calçando chinelos, tão atarracado quanto o dono do hotel, com a barriga pulando pra fora do cós da calça jeans surrada, enquanto ele esticava a malha de sua camisa do Atlético Mineiro feito massa de pastel, na tentativa de encobrir a protuberância.

"Ei, Geraldinho. Tudo bom? Esse aí é o Seu Tobias, não é? O prefeito me disse que ele vinha. Eu não sabia que ela era seu amigo não, sô. Me conta aí: ele é flamenguista?"

"Não é da sua conta, Belmiro. Você trata de não fazer desfeita pro moço que ele tá hospedado lá comigo. Olha, vai lá tomar uma pinga no Bar do Zé Maria", tirou uma nota de dez reais do bolso e a estendeu a Belmiro.

"Mas tá cedo demais pra beber, Geraldinho", disse Belmiro sem disfarçar a curiosidade.

"Tá certo, Belmiro. Toma vinte e vai lá comer uma coxinha. Me deixa que eu quero ter um particular com o Seu Tobias. Quero mostrar pra ele as coisas da estação, contar os casos do Jerônimo dos Sinos."

"Mas isso eu sei fazer também. Não precisa se dar ao trabalho, Geraldinho", disse Belmiro, alisando a barba enquanto fingia preocupação.

"Tá bem, Belmiro, já perdi a paciência. Você toma cinquenta e passa fora. É pegar ou largar."

A essa altura, o Belmiro já estava longe, e eu ficando com medo. Estava ali a serviço do IPHAN apenas para catalogar o acervo da memória ferroviária e, de repente, me vejo às voltas com um homem de meia-idade subornando o vigilante a preço de coxinhas para poder ficar a sós comigo. Disfarcei minha desconfiança e, para demonstrar que não me sentia intimidado, perguntei, sem rodeios:

"Seu Geraldo, o que o senhor quer saber de mim que o Belmiro não pode ouvir? E quem é esse tal de Jerônimos dos Sinos?"

"Calma, não precisa ficar acabrunhado. São uns assuntos de família que o Belmiro é muito bronco pra entender. Pois então. Quando eu soube que vinha pra Augusta um funcionário do Patrimônio Histórico, resolvi assuntar pra ver se o senhor pode me dar uma mãozinha."

Sozinhos na entrada da estação, Geraldo me mostrou a entrada da edificação de madeira e tijolos que antigamente abrigava o escritório, o alojamento do guarda-chaves e o almoxarifado. No seu interior não havia mais paredes ou divisórias. Apenas as colunas sustentavam o antigo prédio. À direita da porta de entrada, encontrava-se a cadeira de Belmiro e uma mesa de escritório sobre a qual repousava o seu rádio de pilha. Encostada na parede oposta à entrada, havia apenas uma estante com portas envidraçadas, que abrigava fichários de capa preta enfileirados. Achei que naqueles fichários haveria documentos que eu devia examinar. Fiz menção de caminhar até a estante, mas o senhor Geraldo me interrompeu:

"Já notou aquela porta atrás da pilastra? Acho que você vai se surpreender com o que tem lá."

Caminhei em direção à coluna apontada pelo senhor Geraldo, que, de fato, encobria uma porta estreita, localizada num ponto cego. Girei a maçaneta, mas ela estava trancada. Geraldo aproximou-se e abriu a porta com uma chave grossa que ele tirou do bolso.

Caminhamos por um corredor escuro com a ajuda de uma lanterna e finalmente chegamos a uma sala de paredes de tijolos caiados de branco.

"Aqui ficava o alojamento do guarda-chaves, Tobias. O nome dele era Jerônimo. Jerônimo Leão Ribeiro da Fonte. Mais conhecido pelo povo de Augusta como Jerônimo dos Sinos. Foi ele quem pintou esses quadros todos", disse Geraldo, apontando para a parede atrás de mim.

Quando me virei, Geraldo abriu os janelões do galpão para que eu pudesse enxergar melhor as pinturas do tal Jerônimo dos Sinos. Até hoje não consigo descrever com exatidão o impacto daquele momento. A claridade que veio de fora lavou todas as paredes, tornando ainda mais intenso o colorido que emergia em profusão dos imensos painéis pendurados nas paredes. A pulsação das cores dialogava perfeitamente com o movimento das diversas formas geométricas que compunham as telas. Mandalas não concêntricas, espirais, parábolas e elipses eram preenchidas por cores distribuídas de acordo com aquilo que parecia ser um método: cores primárias com cores primárias, secundárias com secundárias, tons pastel agrupados em uma única tela e, em uma outra, apenas diferentes tonalidades de azul.

Os quadros eram divididos em quadrantes, e o centro de cada um deles trazia palavras bordadas numa caligrafia desenhada. Sua delicadeza contrastava com o material bruto que o artista usara nos alinhavos: um barbante de sisal tingido de preto, cujos fiapos faziam com que tivesse a aparência de arame farpado.

As palavras costuradas na interseção dos quadrantes também eram ásperas: ordálio, estigma, cicatriz, flagelo, mordaça. Elas me extraíram imediatamente da excitação da descoberta, que deu lugar à melancolia.

"Nossa, Seu Geraldo, quanto sofrimento... De onde vem tanta dor assim? E por que o senhor me trouxe até aqui sem me dizer nada sobre esses quadros?"

"As telas que o Jerônimo pintava são todas desse jeito. Tem mais lá em cima. Ele guardava tudo na forração do telhado pra ninguém ver. Eu é que pendurei essas aqui embaixo com medo do mofo. É doido como tudo isso é bonito e triste ao mesmo tempo, não é?"

"É sim", concordei respirando fundo. "Por que tanto mistério? Por que isso fica aqui escondido nos fundos da estação? São obras de arte! Augusta deveria ter orgulho do Jerônimo dos Sinos. Aliás, por que esse nome?", perguntei.

"São muitas perguntas, Tobias. E eu não sei responder a todas elas. Só sei que ninguém aqui sabia que o Jerônimo pintava esses quadros, nem conhecia a história dele. Eu só sei um bocado, porque o único amigo dele era o meu tio Cândido, irmão da minha mãe. Nós éramos muito próximos. Meu tio era meu padrinho também. Quando ele morreu, me indicou como único herdeiro dele, sob a condição de cuidar das coisas que o Jerônimo deixou pra ele: esses quadros e os seus documentos. Eu não tive tempo de ver tudo. É muita coisa espalhada nessas caixas aí pelo chão. E acho que esses quadros devem ter algum valor em dinheiro.

Por isso que tranquei tudo e indiquei meu amigo Belmiro pro prefeito. Pra que ele se tornasse o vigia da estação depois que meu tio Cândido se foi. Foi ele quem ficou tomando conta da estação depois que o Jerônimo morreu."

"Mas o senhor não me respondeu por que o chamavam de Jerônimo dos Sinos."

"Ah, isso? Vem ver essa foto aqui."

Geraldo tirou de uma das caixas que se espalhavam pelo chão uma fotografia de um homem de barba e cabelos longos, trajando um uniforme de ferroviário cheio de remendos e chapéu de abas largas. Usava um embornal de couro em cuja alça estavam pendurados vários sininhos de bronze. Sua fisionomia me intrigou apesar do aspecto de desleixo da barba. O olhar altivo, de uma severidade desafiadora, somados à aparente força física, me inspiraram respeito. No verso amarelado da fotografia, constava apenas uma anotação feita em caligrafia à moda cantiga: Jerônimo Leão Ribeiro da Fonte, 1958.

"Desde que eu me entendo por gente, o Jerônimo andava pela cidade carregando esses sinos aí da foto. Até pra igreja ele ia com eles. Meu tio dizia que era para abrir o caminho e espantar os que se incomodavam com a presença dele em Augusta. O barulho dos sinos o precedia, dizia meu tio. Aí o Jerônimo não tinha que encarar o povo de cara virada pra ele, com ar de desprezo."

"E por que as pessoas faziam isso com ele?", perguntei ao senhor Geraldo. "Ele fedia?"

"Não, cheirava a alfazema. Mas acho que os antigos tinham um pouco de medo do Jerônimo. Ele tinha essa cara de viandante, andava todo maltrapilho. E algumas pessoas diziam que, além de doido, ele era meio bruxo. A minha avó, que é uma dessas senhoras bem beatas, não gostava dele. Dizia que ele acendia uma vela pra Deus na missa e outra pro coisa-ruim no terreiro de macumba. Só porque ele andava com um colar de contas marrons no pescoço."

"Uma guia?"

"Não sei... Só sei que, quando eu era menino, eu tinha medo demais do Jerônimo", me contou gargalhando. "Ele puxava da perna e andava com esses sinos pra cima e pra baixo. Daí eu acreditava no que a minha avó dizia... Só muitos anos depois, quando eu voltei da faculdade em Viçosa, é que o meu tio Cândido me contou um pouco sobre a história do Jerônimo. Meu tio disse que ele tinha passado por uns traumas na juventude, porque tinha apanhado muito da polícia. Por isso, tinha ficado estranho daquele jeito. Mais ele não disse. Só me pediu segredo. E, quando o tio Cândido morreu, fiquei com essa tarefa de cuidar de tudo isso aqui. Aí é que você entra."

"Eu? Por que eu?"

"Eu queria que você me ajudasse a vender os quadros do Jerônimo no Rio de Janeiro. Estou precisando de dinheiro. O hotel necessita de uma boa reforma... Os quadros são lindos, mas não tenho como cuidar deles. Você topa me ajudar? Eu divido com você o dinheiro. Sessenta por cento pra mim, quarenta pra você. Pegar ou largar", me propôs com aquele mesmo ar de ultimato com que tinha se dirigido ao Belmiro um pouco antes.

Fiquei um pouco sem jeito. Eu estava ali para trabalhar para o IPHAN e não para fazer um levantamento sobre a iconografia deixada por um desconhecido guarda-chaves de estação de trem, que, ademais, tinha fama de maluco. Por outro lado, além de precisar de dinheiro tanto ou mais que o Senhor Geraldo, a minha curiosidade de pesquisador não iria me deixar ir embora dali sem escarafunchar aquelas caixas todas.

"Está bem, seu Geraldo. Eu ajudo o senhor. Mas tenho que ficar aqui por mais umas horas. Preciso entender mais sobre o Jerônimo e buscar nessas caixas algo que explique a origem desses quadros."

"Combinado, Tobias. Você pode ficar aí o dia todo. Vou chamar o Belmiro lá no hotel para me ajudar com o conserto da calha. Aí ele te deixa em paz pelo resto do dia."

Fui buscar mais registros no volume de onde o Geraldo tirou a primeira foto. Naquela caixa encontrei vários envelopes de papel pardo com maços de folhas escritas à mão, com a mesma caligrafia firme que fizera o registro no verso da fotografia. Numa delas, o registro de uma correspondência:

Augusta, 30 de setembro de 1964.

Querido Cândido,

é uma pena que você não esteja em Augusta nesses dias de início de primavera. A cidade anda toda florida, e você teria se deleitado com a coragem com que enfrentei os últimos acontecimentos.

As boas senhoras de Augusta vieram me importunar novamente. Não se conformam que um ser tão andrajoso como eu frequente a igreja. Hoje de manhã, enquanto eu trabalhava no reparo das bitolas, elas apareceram para pedir novamente que eu não participasse mais da missa usando as minhas roupas de trabalho. Praticamente ordenaram que eu me barbeasse e que aceitasse as roupas que elas me trouxeram. E exigiram que eu retirasse a minha guia do pescoço. Sua mãe estava junto. Disseram sem rodeios que lhes dá engulhos receber a comunhão na minha presença e que eu deveria me mostrar mais humilde, aceitando de bom grado as roupas que elas me ofereceram juntamente com uma nova dentadura. Afinal, consideraram irrecusável a proposta de fazer minha barba em troca de uma dentadura. Também queriam que eu deixasse de usar minha guia e minhas roupas esfarrapadas. O que essas velhas cabecinhas emboloradas não esperavam é que um reles guarda-chaves esmolambado fosse recusar uma dentadura oferecida pela caridade de tão distintas senhoras.

Você não vai acreditar no que eu fiz para expulsá-las da estação!

Esbravejei me contorcendo todo e fingi incorporar um cabloco. Você teria morrido de rir da minha atuação. Até eu me surpreendi com a minha verve. Elas saíram correndo, espaventadas, dando gritinhos e dizendo que iriam me denunciar ao Frei Fernando. Mal sabem elas que ele é meu conhecido de longa data. E que ele apoiava a nossa causa quando ainda atendia pelo seu nome de batismo, Mário.

Eu acreditava que o posto de guarda-chaves e a fama de mentecapto fossem me trazer o sossego que sempre buscamos depois que eu saí da clandestinidade. Mas essas beatas acabarão nos trazendo problemas agora que vivemos novamente sob o jugo de uma ditadura. Acho que sua mãe anda desconfiada... Ela resolveu se aproveitar da sua ausência para incutir na cabeça das ratazanas de sacristia a ideia de que tenho um pacto com o diabo.

Torço para que você volte logo de Viçosa. Não sei até quando conseguirei me defender sozinho. Preciso que você contenha sua mãe o quanto antes.

Um saudoso abraço e lembranças ao Geraldinho,

Jerônimo.

Ao terminar de ler a carta endereçada ao tio do Geraldo, fiquei surpreso com a forma como o Jerônimo se expressava. Ele era preciso na descrição dos fatos e tinha um vocabulário rebuscado para um mero guarda-chaves com jeitão de andarilho. Além disso, pela maneira afetuosa com que Jerônimo se dirigia a Cândido, me pareceu que a relação deles se estendia para além da amizade.

Fui adiante na minha investigação, abrindo e fechando caixas, procurando novos indícios que me apontassem a raiz daquelas palavras de sofrimento bordadas nas telas de Jerônimo. A palavra clandestinidade deixava entrever algumas pistas, mas, depois daquela carta, a origem dos quadros de Jerônimo não era mais a única coisa que despertava a minha curiosidade. Tudo nele me intrigava.

Arrastei uma caixa forrada de veludo vermelho para perto de mim. O aspecto de objeto de época sofisticado me fez intuir que ali eu encontraria mais pistas sobre a eloquência de Jerônimo e seu talento para as artes.

Ao abrir a caixa, encontrei um pesado álbum de fotografias, todas em preto e branco e fixadas por cantoneiras. Algumas já haviam se desprendido e vagavam soltas entre as páginas. As folhas de papel de seda amareladas que protegiam as páginas do álbum tinham ganhado furos que pareciam um rendilhado tecido pelas traças. Um odor característico dos objetos guardados há muitos anos exalou daquelas páginas, mas nada me impediria de ir mais além na minha investigação. Nem a minha rinite.

Arrastei a cadeira para perto dos janelões, para que eu pudesse respirar um pouco de ar fresco enquanto examinava aquelas fotos. Comecei pelas fotos soltas, mais fáceis de manusear. Numa delas, um rapaz, que tinha os olhos de um Jerônimo jovem, posava elegantemente vestido numa ponte sobre um rio que não parecia ficar no Brasil. Atrás da fotografia, a legenda escrita à mão: Pont Neuf, Paris, 1922. Na foto seguinte, dois jovens apareciam com dois canudos que lembravam diplomas enrolados em uma mão e taças de champanhe na outra. No verso, uma legenda em letra bastão, escrita em francês: Cândido e Jerônimo diplomados arquitetos pela Escola de Belas Artes de Paris, 1927.

Ao passar adiante, fui me deparando com outras fotos de viagens pela Europa daqueles que, segundo a foto anterior, eram os rapazes Jerônimo e Cândido, ainda bem jovens. Fiquei intrigado, pensando comigo mesmo como será que aqueles dois teriam ido parar naquele fim de mundo chamado Augusta.

Após passar por outras fotografias daquele mesmo período, me fixei numa outra que em tudo destoava dos primeiros retratos dos elegantes arquitetos de Paris, seja pelo cenário que parece brasileiro, seja pelo figurino agora empobrecido daqueles mesmos rapazes, que ladeavam uma altiva senhora negra, trajada em roupas típicas da Bahia. No verso da foto, a legenda que elucida em parte o mistério: Terreiro de Mãe Bibiana, Salvador, dezembro de 1929.

A comparação entre as fotos dos dois períodos indicava que alguma peça faltava naquele quebra-cabeças, isto é, um evento determinante que transportara os jovens arquitetos da Paris dos anos 1920 diretamente para os terreiros de candomblé da Bahia. Mas o que teria sido?

Novamente me voltei para as inúmeras caixas aos meus pés, à procura de uma nova pista, quando um barulho de telefone chegou até mim vindo de outro cômodo da estação. Corri até a mesa do vigilante e percebi que o som do aparelho vinha de dentro da gaveta. Atendi. Do outro lado da linha, uma voz com cheiro de naftalina.

"Alô, quem fala é o senhor Tobias?"

"Sim, senhora."

"Aqui quem fala é Maria Pedrina do Amaral Viana."

"Pois não. É a respeito do quê?"

"O senhor conheceu o Geraldinho, não é? Ele é meu neto. Ele me disse que você está pesquisando sobre a estação de trem."

Tomei um susto. Como o seu Geraldo ainda podia ter uma avó viva? Devia ser nonagenária. Ela prosseguiu:

"Já descobriu muita coisa, meu filho? Eu queria muito saber o que tem por aí que o Geraldinho não me conta. O Belmiro me disse que o Geraldinho deu a chave pro senhor entrar na sala que ele mantém trancada, onde morava aquele esquisito do Jerônimo. Mas sabe como é... Meu Candinho era muito misterioso, e eu, como uma mãe zelosa, queria saber se você descobriu alguma coisa sobre o meu filho aí também. Eu sou muito amiga da mãe do prefeito. Ela não vai gostar nada de saber que você está aqui para pesquisar sobre aquele endemoniado. O Geraldo lhe contou alguma coisa sobre o Candinho?"

"Imagina, Dona Pedrina. O seu Geraldo só me mostrou o alojamento do guarda-chaves, nem sei do que a senhora está falando. Eu sou servidor do Patrimônio Histórico. Só estou aqui para fazer um levantamento da memória ferroviária da cidade."

"Está bem, meu filho. Continue a sua pesquisa, então. Qualquer coisa, é só me procurar. Passe aqui para tomar um cafezinho comigo. Se tem alguém que conhece a memória dessa cidade, sou eu. Você devia querer conhecer a minha versão dos fatos sobre a cidade de Augusta."

Fiquei ressabiado. Será que aquela velha estava insinuando que iria atrapalhar o meu trabalho? Não suporto essas pessoas que vivem de um passado que só elas acham que ainda é glorioso. E depois acham que mandam alguma coisa nesse país. Mas estávamos em 1989, vivendo sob novas diretrizes. Um sentimento de renovação me enchia de esperança. Voltei ao trabalho depressa, suspeitando que a múmia da dona Pedrina era responsável pelo menos em parte pelos danos causados ao Jerônimo. Só não tinha elementos suficientes para ligar os pontos.

Resolvi sair para arejar as ideias. Além do mais, já estava na hora do almoço, e eu sentia minha barriga roncando com força. Saí da estação e vi que do outro lado da linha do trem havia um bar que servia pratos-feitos. O bar era o típico boteco de cidade do interior. Paredes pintadas de azul-piscina, mesas e cadeiras de metal espalhadas na calçada da frente, uma imagem de São Jorge acima do balcão e um aviso de que lá não se aceitava fiado, escrito a giz numa lousa de fundo verde-escuro.

"Bom dia, senhora. O que tem hoje pra comer?"

"Tem eu, moço. Serve?", gargalhou. Notando que eu fiquei meio sem jeito com a investida, a atendente emendou sem perder o bom humor:

"Desculpa, rapaz. Eu sou assim mesmo, pipa avoada. Olha, o PF do dia é galinhada. Gosta? A gente serve com couve e tem direito a arroz-doce de sobremesa."

"Tá ótimo." Comendo daquele jeito, ia voltar cinco quilos mais gordo pro Rio, pensei comigo.

"Então tá bom. Senta aí que eu já trago a comida procê."

Em cinco minutos, ela me trouxe a galinhada com couve servida num prato de vidro que colocou na minha frente, junto com os talheres enrolados num guardanapo de papel fino e um farinheiro. Quando eu ia começar a comer, ela puxou a cadeira de metal do outro lado da mesa e foi logo se sentando. "Cuidado, menino, que a comida tá pelando! Não vai queimar a língua, hein?"

"Ah, pode deixar. O apressado come cru e quente, não é o que dizem?"

"É, na vida não pode ter pressa, não... Como é o seu nome, moço?"

“Tobias, muito prazer”, falei enquanto assoprava a comida.

“Meu nome é Ana Rita, às ordens. Mas pode me chamar de Rita, mesmo. O senhor veio aqui trabalhar na estação, né? Já descobriu o que o Jerônimo dos Sinos guardava lá? O senhor sabe, né? O povo comenta...”

“Comenta o que, Dona Rita?”

“Comenta, uai. Eu não sou fofoqueira nem nada, não. Deus que me livre de fofoca. Mas é que já tem alguns anos que eu vim parar em Augusta. Minha família abriu esse bar em 76, e eu comecei a trabalhar aqui ainda bem menina. Então, desde que eu era bem jovenzinha que eu via o povo comentando que o sô Cândido andava com o Jerônimo e que era por isso que a dona Pedrina mais as beatas todas perseguiam ele.”

“Que coisa, não é? Não sei de nada, não”, respondi me fazendo de bobo, dando uma garfada bem rápida para não dar tempo de abrir o bico.

“É verdade que o Jerônimo era rico e deixou uma fortuna pro seu Cândido? Se for verdade, o Geraldinho vai encher a burra de dinheiro. Tô doida pra saber, porque ele andou deixando uns penduras aqui no bar.”

“Não sei de nada não, Dona Rita. Vim aqui trabalhar para o Instituto do Patrimônio Histórico Nacional. Recolher umas peças pra museu, fazer pesquisa, sabe?”, desconversei. Fingi desinteresse, mas ela não se deu por vencida.

“A minha mãe ficou muito amiga do seu Cândido. Ele era um homem bom. Não destratava ela feito o povo daqui fazia só porque ela era desquitada. A Dona Pedrina nem sonha que ele frequentava o mesmo terreiro que a minha mãe. É, moço... o seu Cândido batia um tambor”, gargalhou. “Foi assim que ele ficou amigo da minha mãe. Então, de vez em quando, eles tomavam uns tragos juntos, e aí ele contava pra ela umas histórias do passado. Falou que a família dele perdeu tudo em 1929. Era gente muito rica. Dona desses cafezais todos aqui na região. Aí ele, que morava em Paris na época da quebradeira, teve que voltar correndo pro Brasil porque a fonte secou. Só que, antes de voltar pra Augusta, ele desceu do navio em Salvador com um amigo, que também estava voltando de Paris com uma mão na frente e outra atrás. Foi lá que ele descobriu o candomblé. Ele viveu uns anos em Salvador, escondido da Dona Pedrina. Até que ela botou a polícia do Getúlio Vargas atrás dele, e ele teve que voltar.”

“Nossa, mas que vida interessante a desse Cândido...”

“Ah, vai dizer que o senhor não sabe de nada mesmo, Seu Tobias? Sei.”

“Não sei não, dona Rita. Como disse, eu vim aqui só coletar uns dados, umas peças de museu.” E continuei a comer, mastigando lentamente, na tentativa de enrolar a dona do bar.

Vendo que eu não iria dar com a língua nos dentes, Ana Rita levantou-se e foi até a cozinha buscar meu arroz-doce. Acabei de comer e caprichei na gorjeta. Ela nem sabia o quanto tinha adiantado a minha pesquisa. De troco, ganhei duas balas de menta. Segui de volta para a estação em busca de mais informações sobre Jerônimo, já que o mistério da trajetória de Cândido pela rota Paris-Salvador-Augusta já havia sido desvendado.

De volta às caixas espalhadas pelo chão, me chamou atenção dessa vez aquilo que parecia ser uma pasta cheia de documentos de Jerônimo. Através da capa plástica transparente, pude perceber que se tratava de diferentes tipos de documentos de identidade, com a cara dele em 3x4. Quando abri a pasta, notei que cada documento trazia um nome diferente: Leonel Calisto da Silva, natural de Itabuna, Manuel da Costa, natural de Goiás, Cláudio Santana, natural de Tramandaí. Todos com a cara do Jerônimo que existira antes da barba felpuda e dos sinos que o acompanhavam como um prolongamento do seu corpo. A expressão alegre e despreocupada dos tempos de Paris e de Salvador, contudo, já tinha dado lugar a uma fisionomia cansada e abatida. Aquele provavelmente era o Jerônimo da clandestinidade.

Remexendo pelas caixas encontrei outras cartas, fotografias e livros, datados do início da década de 1940, que comprovaram a minha teoria de que Jerônimo havia sido militante da resistência contra o Estado Novo. De todos os registros que encontrei daquele período, nenhum foi tão pungente quanto as impressões de Jerônimo anotadas num caderno de brochura de capa vinho:

Meu amor, não sei se algum dia nos reencontraremos. Se a tortura continuar, é possível que eu não aguente mais nos próximos dias. Estou muito debilitado. Volto hoje à minha cela depois de vinte e quatro horas desacordado no ambulatório da polícia. Acharam que eu ia morrer e me levaram para lá. Não sinto mais uma de minhas pernas. Tomei tanta pancada na coluna que acho que nunca mais poderei andar direito. No cárcere, meu companheiro de cela é um rapaz muito religioso chamado Mário, que chegou aqui a mando do próprio Filinto Müller. Ele é amigo de infância do Prestes e por isso o ajudou a esconder a Olga na casa de uma prima dele. A família da mãe dele é de Augusta também. Uma grande coincidência. Soube por ele que foi sua mãe quem me denunciou à Polícia Política, mesmo depois de você já ter voltado para casa. Ela não se contentou em nos separar. Quis também me destruir para apagar qualquer vestígio que deixasse você exposto à tentação de encontrar o caminho de volta para mim. Já pedi ao Mário que entregue esse diário a você, caso eu morra.

Com todo meu amor,

Jerônimo.

Na última página do diário de capa vinho, novas pistas sobre a vida de Jerônimo e sua trajetória até chegar a Augusta:

Ponta de Areia, 24 de agosto de 1954.

Hoje é um dia histórico para mim e para o Brasil. Depois de anos como auxiliar de ferrovia em Ponta de Areia, fui promovido ao posto de chefe de estação e guarda-chaves da cidade de Augusta — MG. Alquebrado e vencido por tantas lutas, recebo hoje o prêmio pelo qual lutei toda uma vida: voltar para perto de Cândido. Não poderemos viver do jeito que gostaríamos, mas já me alegra saber que poderei vê-lo todos os dias de agora em diante e não apenas semanalmente, como tem sido nos últimos anos. Festejo esse acontecimento tanto quanto me regozijo pela morte de Getúlio Vargas. Nunca desejei a morte de ninguém. Mas a barbárie da tortura e o vilipêndio da minha dignidade fizeram nascer em mim uma alma vil, que comemora um suicídio. Fica sempre um gosto amargo na boca de quem perdeu um tanto de sua humanidade. Cruzamos mais uma vez o limiar da civilidade em 1951, quando entregamos voluntariamente nosso futuro a esse ditador, sem qualquer reserva de consciência. Não culpo os pobres incautos que o elegeram, mas não posso deixar de me sentir aliviado pela bala que o tirou de nossas vidas para sempre. O caudilho deixou uma carta fazendo-se de herói, afirmando que saía da vida para entrar na história. Desejo que arda no inferno. A partir de hoje, um novo tempo me aguarda. Minha barba e meus andrajos, couraça contra a gente tacanha do mundo, me servirão agora de disfarce para que eu volte a ter

Cândido ao alcance da mão. A morte de Vargas me enche de coragem e alegria. A partir de hoje, uma nova vida me aguarda.

Além das cartas, diários, fotografias e livros com dedicatórias de Cândido para Jerônimo e de Jerônimo para Cândido, encontrei entre os muitos quadros pintados por Jerônimo guardados na forração do telhado uma réplica perfeita de uma pintura de Bosch, intitulada São Jerônimo da Oração. Abaixo dela, Jerônimo transcrevera uma frase que, vim a saber depois, era de autoria do poeta Virgílio. Essa frase, citada muitas vezes por São Jerônimo, servia para descrever aquilo que ele acreditava ser o inferno:

Por todos os lados, o horror se espalhava. O profundo silêncio inspirava o terror em minh´alma.

Em outro almoço no bar de Ana Rita, ela me contou sobre a morte de Jerônimo. Foi uma boa morte. Ele dormia quando sua alma deixou este mundo. Um redemoinho, então, passou pela estação, batendo portas e janelas. Ela considerava aquilo um sinal de que Jerônimo dos Sinos havia partido nos braços de Xangô, cuja proteção ele nunca deixou de carregar no peito, muito embora não acreditasse mais em nada. Frequentava a igreja pela amizade que tinha por Frei Fernando, com quem podia conversar à vontade, afiançado pelo segredo de confissão.

Em vida, Jerônimo dos Sinos aparentemente teve poucos anos de alegria. Apesar disso, o relativo isolamento do mundo exterior, justificado por uma encenada desordem mental, permitiu que Jerônimo reorganizasse seus pensamentos, exorcizasse seus traumas por meio da arte e reencontrasse o amor de sua vida. Agora, alguns anos depois de sua morte, eu estava convicto de que o mundo estava finalmente pronto para conhecer a vida e a obra de Jerônimo dos Sinos e que suas telas estariam seguras do lado de fora de sua caverna.

Permaneci mais alguns dias em Augusta para terminar o trabalho do IPHAN e, quando parti para o Rio, prometi ao senhor Geraldo que ele teria notícias minhas em breve. Não tinha dúvidas de que a obra de Jerônimo dos Sinos colocaria seu herdeiro indireto no mapa do mercado de arte.

No entanto, quando meu ônibus tomou a direção da saída da cidade, vi algo que me fez temer pelas telas de Jerônimo. As novas boas senhoras de Augusta lideravam um protesto em frente à igreja-matriz, pedindo que as obras de Jerônimo dos Sinos não deixassem a cidade. Uma delas vociferava ao megafone:

"Nossa cidade não pode ficar famosa por causa da obra de um pederasta. Jerônimo dos Sinos era um imoral, praticante de magia negra. Não podemos deixar que o mal vença. Precisamos defender a honra da família Augustanense. Foi Deus quem nos livrou de Jerônimo dos Sinos e agora também irá nos livrar dessa vergonha. Somos um povo limpo, ordeiro, civilizado, devoto. Abaixo a obra de Jerônimo dos Sinos!"

Pedrina Viana certamente havia mexido seus pauzinhos para descobrir tudo o que não conseguira arrancar de mim por telefone. Enquanto vivesse, ela não permitiria qualquer movimento que pudesse tornar pública a relação de seu filho Cândido com Jerônimo. A mediocridade não dorme. E, além de tudo, é longeva.

*

*   *

PRESENTE

ARRELIENTA

A filha da dona da casa onde eu moro gostava de ficar na janela olhando a gente ciscar no terreiro. Eu fingia que não a via mascando bovinamente uma chupeta cor-de-rosa. Detesto criança. Mas, como eu só sei andar com a minha cabeça subindo e descendo, eu podia acompanhar o sobe e desce que a chupeta fazia na boca dela. Ela nem percebia nada. Aquele objeto me intrigava. Parecia tão gostoso. Cismei que ia pegar para mim. Eu sou galinha, mas não sou estúpida como pareço. Sei o que quero.

Tracei um plano. Falei para as minhas colegas do galinheiro que já tinha tudo bolado na minha cabeça: a menina gostava de ficar balançando o corpo para fora da janela, apoiando a barriga mole no parapeito. A mãe dela a deixava lá, sozinha. Sem nenhuma boa alma por perto pra tomar conta da menina. Uma hora ela ia olhar pra baixo, e eu voava na boca dela. Mas ninguém acreditou em mim.

“Ah, Birinha, você não bate bem. Desde quando galinha voa? Isso não vai acontecer. Deixa disso.”

“É, Gertrudes, voando talvez eu não consiga. Mas um dia chego lá. Preciso pegar esse troço da boca da menina. Parece muito apetitoso. Quero pra mim.”

"Você é muito engraçada, Birinha. Por que você quer fazer isso com a menina, coitada? Não sabe nem o que fazer com uma chupeta... Pra que você quer uma?"

"Coitada nada! Vocês ficam aí com pena dela, mas um dia ela cresce e corta nosso pescoço. Eu vou acabar com a alegria dessa menina antes que ela acabe com a nossa. Odeio criança. Daria umas boas bicadas nos olhos dela se eu pudesse."

"Imagina, você não faria isso. Uma galinha atacar uma criança?"

"Faria sim. Estou te dizendo."

"Nossa, mas você é mesmo uma galinha muito excêntrica."

A galinhada toda ria de mim, achando que eu era apenas uma galinha doidivanas e falastrona. Mas nunca me dei por vencida. Sou uma galinha predestinada. Elas não sabem quem eu sou, porque cheguei ao galinheiro vinda de fora. Sou uma sobrevivente. Participei de embates corporais gloriosos numa cidade vizinha. Ninguém cacarejava mais alto que eu naquela granja. Uma vez me bati com uma galinha de raça que tinha o dobro do meu peso. Foi por causa de comida. Ela veio toda soberba pra cima de mim achando que iria roubar minha ração, mas, assim que pude, voei no pescoço dela e biquei até sangrar. Ela bem que mereceu a sova. Era uma galinha muito feia. Deixemos isso pra lá e voltemos à história do meu triunfo.

A certa altura, eu me tornei motivo de chacota entre os animais da casa por causa da minha mania de grandeza. Mas eu não desistia e continuava à espreita. Uma hora a chupeta seria minha.

Os humanos, por sua vez, tampouco suspeitavam de mim. Não que fossem burros. É que eles apenas queriam saber de engordar as galinhas para o abate. Nunca perceberam meu olhar de vidro mirando a jugular da mulher que me alimentava.

O que ninguém esperava é que a sorte fosse sorrir justo pra mim, uma galinha baixo-clero pela qual ninguém daria muita coisa.

Num dia de calor muito seco, desses em que a poeira sobe só de o chinelo da dona pisar com mais força o chão de terra batida, me posicionei embaixo da janela. Foi quando a criança gorducha abriu a boca para falar com a mulher, que vinha lá de dentro lançando pelos ares a nossa porção diária de ração. A chupeta caiu. Eu e mais quatro galinhas nos digladiamos para ver quem cravava primeiro o bico naquela matéria mole e pardacenta que se projetava pra fora do plástico rosa. Éramos cinco galinhas esfomeadas, guiadas apenas pelo instinto de fuçar na terra em busca do objeto caído do alto. Porém eu, apenas eu, tinha o apetite necessário para destruir quem se interpusesse entre mim e a chupeta. Biquei o solo sem cessar, como se minha cabeça estivesse engastada numa máquina de costura, não me importando se os olhos ou o pescoço de alguma delas estava no caminho. A chupeta era finalmente minha. Saí correndo, ouvindo de longe o choro da menina e a mulher tentando consolá-la.

"Fia, não chora. A mãe compra outra."

No entanto, a conquista da chupeta me custou caro. Minha crista foi dilacerada pelas outras galinhas. Com a visão turvada pelo sangue que escorria até as penas brancas, não consegui escapar da minha dona. Ela me levantou para avaliar o tamanho do estrago, enquanto meu coração acelerado me sugeria que eu estava em apuros. Mas a ouvi dizer apenas:

"Eu, hein, galinha mais arrelienta, sô. Eu devia era de te tacar na panela."

Em vez disso, ela me levou para dentro de casa e me botou num cercadinho na varanda, onde eu tive que ficar até que sarasse a minha crista, a qual, diga-se de passagem, galinha alguma jamais vai me fazer baixar.

O destino da chupeta? Perdi, não posso fazer milagre. Deve ter caído pelo chão do terreiro enquanto eu era transportada pra dentro de casa... Mas e daí? Agora é minha grande chance de conseguir bicar os olhos da menina.

MAJESTOSO

Ocultas num jardim de sonho, com a água da piscina até o pescoço, mãe e filha observavam a lua que acabava de despontar. Durante o dia, o calor abrasador tornara a água morna. E a umidade do ar, quase sufocante, perfumava tudo com uma mistura de hera e cloro. O cricrilar das cigarras, contínuo e potente como chapa de ferro que se recorta ao meio, denunciava a chegada de mais uma noite, a primeira na casa de veraneio. Alugava-se uma realidade paralela, na qual mariposas circundando a luz de um poste e uma boneca Barbie jogada nua na borda da piscina eram os únicos elementos que permaneciam alheios à peregrinação de formigas em torno da piscina.

"Mamãe, qual era o sobrenome do papai, mesmo?", perguntou a menina. Tomada de assalto pelo verbo conjugado no passado, a mãe engoliu o que restava de uma fingida naturalidade. "Barros", respondeu secamente. "Então, o seu nome todo também tem o sobrenome do papai?", prosseguiu a curiosa. "Sim, filha. Por quê?", estranhou a mãe. "Mas você já não tinha um sobrenome antes de casar com ele?", insistiu a criança. "Claro que tinha, filha. Vieira. O sobrenome do seu avô, meu pai."

Mesmo dentro da água morna, os ombros da mulher se retesaram. As interrogações da filha sobre o pai vinham sempre em ondas. Restava-lhe apenas mergulhar fundo e prender o fôlego, esperando não ser arrastada até a arrebentação do luto, mortificada pelas perguntas que presentificavam o marido.

"Filha, você já reparou naquele inseto parado ali ao lado da Barbie?", disse apontando para frente. "Não, mamãe. Vamos ver?", respondeu a menina, já despistada. Como peixes famintos que se lançam até um pão atirado no lago, mãe e filha se aproximaram do minúsculo inseto, um arremedo de louva-a-deus, diminuto e acinzentado. Sua cabeça, pouco maior que a cabeça de um alfinete, não era estável como a de uma formiga ou a de outro bicho do mesmo tamanho. Era uma cabeça flexível, autônoma, que dizia sim e não, mesmo que seu corpinho permanecesse imóvel.

"Que bicho diferente, não é, mamãe? A cabeça dele balança. Parece um grilo falante. Só que bem pequenininho", disse a menina, enquanto investigava o inseto até então desconhecido para mãe e filha. "É, filha... Mas falar, não fala não." "Ué, mamãe, a gente pode fazer perguntas pra ele responder balançando a cabeça!" A infância concede à fantasia o dom do pragmatismo. Em meio ao caos, a imaginação da menina fervilhava.

"Amiguinho, você acha que nós conseguiremos ir de novo ao cinema até o fim do ano?", inventou a mulher, tentando distrair a filha de fazer novas perguntas sobre o pai a partir daquela brincadeira. O bichinho balançou a cabeça para baixo, parecendo confirmar que tudo ficaria bem até dezembro. A menina dava pulinhos e batia palmas de alegria. "Minha vez! Minha vez, mamãe! Amiguinho, nós vamos poder visitar os primos de São Paulo no Natal?" Mais uma vez o bichinho assentiu categórico. "Você viu, mamãe? Ele sabe, ele sabe! A gente precisa dar um nome pra ele, mamãe!"

O entusiasmo da menina, ingênuo e alentador, não foi suficiente para que a mãe conseguisse batizar o inseto. Ela apenas se deixava levar pela torrente da vez, quente e mansa. "Que nome você quer dar a ele, minha filha?", sorriu afetuosa, a voz aliviada pela descoberta de um entretenimento inocente. "Já sei! Majestoso!", jogou as mãos pro alto, energizada pela descoberta do novo amigo. "E por que esse nome, minha filha?" "Não sei...", respondeu a menina com ar pensativo. "Acho esse nome bonito. E ele parece o Grilo Falante do Pinóquio, que usa uma roupa toda chique. Eu gosto da história do Pinóquio, mamãe."

A mãe não entendia como a filha podia gostar de uma história tão lúgubre quanto a do solitário Pinóquio. Quando ela era menina, só gostava da Fada Azul, e olhe lá. Até simpatizava com Gepetto, o velho artesão que esculpiu o filho Pinóquio de uma tora de madeira. De resto, a história toda a perturbava. Sobretudo na parte em que uma imensa baleia engolia pai e filho nas profundezas do mar. "Majestoso, eu gosto de brócolis?", prosseguiu a menina, dando gargalhadinhas.

Foi se distraindo com perguntas inofensivas que mãe e filha continuavam a confirmar os poderes do minúsculo inseto, alçando-o à condição de profeta das coisas cotidianas. "Majestoso, eu vou ganhar a Barbie Snowlicious de Dia das Crianças?", ao que Majestoso assentiu, cada vez mais firme em seus movimentos de cabeça. "Viu, mamãe? Viu, mamãe? O Majestoso sabe de tudo! A gente pode levar ele pra casa quando a gente for embora?" A mãe não queria nem pensar na volta para a casa vazia, ainda tão cheia de memórias. "Hora do banho, filha!" A menina choramingou a brincadeira interrompida, mas obedeceu. Pelos lábios crispados da mãe, ela pôde perceber que havia dito algo errado. Só não sabia o que era.

"Mamãe, você pode me enxugar hoje? Eu sei que eu já sou menina grande, mas eu gosto quando você me enxuga." A mãe cedeu sem esforço. Penalizada, iria burlar uma das muitas regras que ela mesma tinha criado depois que havia ficado sozinha com a filha. Tinha dito à menina que elas deveriam se ajudar de agora em diante. E que ela deveria tomar banho sem a ajuda da mãe, o que incluía se secar sozinha. Enquanto pressionava o corpinho magro da filha com a toalha, se sentia estúpida por tentar dar ao luto uma forma organizada. Mas, antes que fosse dragada por aquele tipo de pensamento, a filha quebrou o silêncio. "Mamãe, a vovó secava você assim quando você era criança?"

Novamente, a filha havia girado o leme da conversa para uma outra direção sem qualquer aviso. A mulher não conseguiu articular uma resposta de bate-pronto. Antes, precisaria reativar uma memória muito velha. Uma angústia nova se misturava à outra, antiga e já esquecida. Fragmentos da infância lhe ocorreram, mas não soube responder à pergunta da filha. Apenas se lembrou de si sozinha, apertando os botões de uma televisão de tubo na sala do apartamento dos pais, apertado feito uma caixa de fósforos, enquanto a própria mãe trabalhava dia e noite para dar conta de tudo. Não se lembrava de banhos, piscinas, jantares em família. Tudo que havia antes da filha e do marido já tinha sido borrado da memória, atenuado pela passagem do tempo. "Quando a vovó podia, ela me enxugava sim, filha", afirmou, pouco convincente. Não gostava de deixar a filha sem resposta. "Mamãe, você pega a minha Barbie na piscina?", mudou de assunto mais uma vez. Com sua pouca idade, a menina não sabia onde pretendia chegar com a pergunta sobre a avó materna, nem por que a mãe falava tão pouco de si.

Chegando à piscina, a mulher estancou diante do cadáver de Majestoso, que boiava na piscina, velado apenas pela Barbie de olhos opacos, abandonadamente nua. As mariposas giravam ao redor do poste de luz, incansáveis. A mulher chorou em silêncio. Não sabia o que dizer à filha sobre a partida do novo amigo. Decidiu-se pela mentira piedosa. "Majestoso foi embora, filha... Saiu montado nas costas de uma centopeia que ele laçou com um fio de cabelo da Barbie", fantasiou pragmática. "É, mamãe, boa mesmo é a minha Barbie. Ela não tem como fugir de mim."

ECOSSISTEMA DA SOLIDÃO

Cheguei a te contar alguma vez que o meu sonho de criança era ter dinheiro pra ir a Paris? Eu estudava num colégio de freiras francesas e era encantada pela minha professora de geografia, a *Soeur* Josée. Ela contava muitas histórias sobre a vida na França, ilustradas por grandes mapas que ela mimeografava pros alunos. E eu amava decorar os nomes das cidades francesas. Montpellier, Carcassonne, Saint-Paul-de-Vence. Eu me sentia tão chique falando aqueles nomes... Quando fiz oito anos, o papai chegou em casa com um presente pra mim. Ele já tinha percebido que eu ficava horas e horas namorando aqueles mapas de papel vagabundo. Foi quando ele se deparou na vitrine de um sebo com um velho Guia Michelin que vinha com um brinde: um mapa da cidade de Paris. E, como era meu aniversário, ele não hesitou em gastar uns trocados pra me agradar. Eu chegava da escola, ia correndo desdobrar o mapa em cima da minha cama e o percorria com as pontas dos dedos. Em pouco tempo, memorizei a localização de cada rua da cidade sem nunca ter pisado na *Rive Gauche.* Essa brincadeira era quase um segredo. Eu estudava no colégio de freiras com uma bolsa que o papai conseguiu com um cliente da oficina mecânica. Um benfeitor da escola, muito querido pelas irmãs. Imagina só o que aconteceria comigo, a bolsista sem eira nem beira, se eu chegasse na escola contando que o meu passatempo favorito era brincar de imaginar que conhecia Paris? Naturalmente, nunca paguei pra ver. As meninas da minha classe não se empenhavam sequer em aprender francês. E, enquanto eu dava tudo de mim, elas faziam uma troça dos diabos do meu biquinho. Umas bestas quadradas! Percebi logo que bancar a sabichona seria minha sentença de morte. Preferi, então, me aproximar daquelas imbecis, de quem, apesar de tudo, eu continuei amiga ainda por muitos anos.

Quando fiz vinte anos de casada com o meu falecido marido, eu caí na besteira de comentar com uma delas que a gente iria fazer uma viagem a Paris. Minha primeira viagem ao exterior depois de uma infância inteira sonhando com o impossível! E sabe o que ela teve a pachorra de me dizer? "Paris é uma cidade muito turística, sua boba. Você devia ir para uma praia romântica, curtir o maridão, dar aquela levantada no casamento, sabe?" O pior é que nem consegui defender Paris daquela blasfêmia. Foi tanto desdém que a imprestável conseguiu me abalar. Fiquei feito um dois de paus. Passei umas duas semanas pensando se Paris ainda valia a pena. Aí, quando eu finalmente decidi mandar o orgulho às favas, já era tarde: veio o Plano Collor e levou todo o dinheiro que a gente tinha poupado pra viajar. Até hoje eu não entendo por que eu dei uma bobeada dessas só por causa daquela metida a besta.

Mas, olha, graças a Deus o meu filho viaja pra burro. O Mauro Henrique não passa vontade! O único problema é que não tem medida das coisas. Ele e a minha nora metem a filharada debaixo do braço e levam pra passear nuns países do outro lado do mundo. Uns até exóticos demais pro meu gosto, desses onde tem doenças que já foram erradicadas por aqui. Até pra Mongólia eles já foram com as crianças, você acredita? Pra que ir pra Mongólia com três crianças, gente? O Mauro Henrique veio com uma história outro dia que sempre quis conhecer a Mongólia e que esse tipo de viagem vai ampliar a visão de mundo das crianças. Uma palhaçada! Se pedissem a minha opinião, eu seria contra. Onde é que já se viu? Ficar levando menino pra lugar onde nem vacina tem... Se é pra viajar, que seja pra um lugar melhor que o Brasil. E, de mais a mais, pra criança, todo lugar é igual. Todo lugar tem casa, tem rua, tem árvore. Criança precisa é de ir à escola, ler um livrinho. Nunca vi meus netos abrirem um livro. Só vivem com a cara enterrada no videogame. Eles vão crescer é muito dos deslumbrados, achando que a vida é fácil. Vão acabar igual às marmotas das minhas colegas do colégio de freira. Elas iam pra Paris comprar bolsa de marca sem saber uma palavra de francês. Não sei de onde saiu essa mania de grandeza do Mauro Henrique. Mas pode apostar que deve ser coisa da cabeça oca da mulher dele. Eu e o pai dele trabalhamos tanto, mas tanto, só pra dar estudo pra ele... E agora ele fica educando esses meninos assim, só gastando dinheiro com essas viagens malucas. Um desperdício! Uma vez eu comprei pra ele uma Enciclopédia Barsa, que era a coisa mais linda, toda de capa dura, custou os olhos da cara... Agora ele fica aí, você sabe como: só na esbanjação, viajando pra cima e pra baixo com essas crianças, andando de avião toda hora como se fosse um marajá.

Se bem que agora ninguém viaja mais, não é mesmo? Essa Covid acabou com a alegria do Mauro Henrique e da minha nora. Eles até me ligaram outro dia dizendo que estavam preocupados comigo sozinha em casa, dizendo que morrem de saudades. Que saudade, que nada! Nunca me chamaram pra viajar com eles. Não estão nem aí! Além disso, depois da Covid, eles deram pra se lamentar de que não podem mais viajar. Dizem que a vida está muito estressante com as crianças estudando em casa pela internet e que nem sair de casa pra trabalhar eles podem mais. Como é que eles falaram, mesmo? Eles usaram um termo meio pomposo pra explicar que estão trabalhando de casa. Acho que é *house-office*. Ah, sei lá, é alguma expressão em inglês que, pra variar, eu não entendo. Aliás, você não faz ideia do quanto eu tenho ódio de quem fala inglês. Na minha época de escola, o chique era falar francês, e meu pai fez de tudo pra eu aprender francês, como eu já te contei. Só que agora todo mundo fala inglês. Aí eu fico me sentindo uma completa analfabeta. Já até tentei fazer um curso de inglês pela internet. É um que uma comediante indica na televisão, sabe? Ih, mas aquilo é uma empulhação: o Mobral do bilinguismo. Só serve pra tomar dinheiro de uma velha trouxa feito eu.

Voltando ao meu filho... O meu filho sempre teve tudo do bom e do melhor. Nunca teve que usar roupa remendada, livro de sebo, estudar com bolsa de estudos em colégio de rico... Aí, já viu. Sabe essas pessoas que são desapegadas de dinheiro, só porque sempre tiveram conforto? Pois então. Esse é o Mauro Henrique, sem tirar nem pôr! Daí que, depois de se queixar bastante por causa do *house-office*, ele veio com uma conversa de que não pode reclamar da Covid, porque, afinal de contas, ele e a mulher não perderam o emprego e não ficaram doentes. E que pra "praticar o valor da gratidão" estão até contribuindo com instituições de caridade. Fiquei indignada! Pra mim, que sou mãe dele, ele não dá nem um centavo! Aqui em casa, sou eu e Deus com a minha pensão. Por que não lembraram de mim? Mas, depois, ele veio me contando uns casos muito tristes que ele viu na televisão, de gente passando fome, precisando de ajuda de verdade. No final, eu acabei me condoendo, satisfeita de ter criado um homem de coração melhor que o meu. Também pudera, né? Criado a pão-de-ló. Se saísse pior que eu, só se fosse muito carne de pescoço.

Você deve estar pensando que eu digo essas coisas todas para o meu filho, não é? Eu não. Isso tudo fica guardadinho dentro da minha cabeça. A minha avó dizia que franqueza demais é falta de educação. Aí o Mauro Henrique fica lá falando, contando as histórias dele, e eu sem tugir nem mugir, feito uma vaca de presépio. "Mas é mesmo, meu filho? Nossa, que coisa... Ah, coitado!" Era assim que eu fazia com o pai dele. Todos eles acham que eu sou só uma cabecinha de vento, uma dona de casa que não sabe nada da vida. Sempre foi assim. Até meu pai, que me botou pra estudar no colégio de freiras, no final das contas, acabou jogando no lixo meus livros de francês depois que eu me casei. Mas que fique bem claro: eu não fiquei com raiva do papai por causa disso. Esse pecado eu não levo pra Deus. Afinal de contas, como é que ele iria imaginar que um dia eu voltaria à casa dele pra buscar meus livros de colégio? Justo eu, que só treinava o meu francês empoeirado com os filmes do Jean Paul Belmondo ou preparando alguma receita chique de um livro de culinária que eu achei num sebo aqui perto de casa. Falando francamente, meu pai não poderia mesmo esperar nada muito brilhante vindo de mim. As pessoas são o que são.

Mesmo assim, eu não me considero um caso totalmente perdido. Minhas qualidades? Eu me acho uma pessoa muito confiável, estável. Sou muito equilibrada, sabe? Por exemplo, com essa história da Covid, as pessoas ficaram muito malucas, muito alteradas. Eu não. Do jeito que eu vivo sozinha, ai de mim se eu fosse uma dessas mulheres meio sorumbáticas que eu vejo por aí. Tem uma amiga minha que vive desacorçoada, se enchendo de Rivotril. Eu não. Nunca tomei remédio nenhum. Comigo é na base do chá de boldo, reza forte e Vick Vaporub.

Depois que a pandemia começou, meu filho deu pra me ligar toda semana, sendo que faz cinco anos que eu enviuvei. Você acha que eu jogo isso na cara dele? Eu não. Eu sou uma pessoa que sabe viver. Se o Mauro Henrique quer dizer que está preocupado comigo, eu finjo que acredito. Digo que estou apavorada de medo da Covid, mas que estou me cuidando, que é pra ele não se exasperar. Aí, você sabe o que acontece? Ele fica sossegado, porque acha que está me dando assistência, que está cumprindo o dever dele de filho. Não está, né? Só se preocupa com a mulher e os filhos. Mas, achando que me consolou, ele dorme tranquilo. E a boba da minha nora acredita piamente que eu sou a mais santa das sogras, o que, convenhamos, reduz bastante o risco de eu ir parar num asilo, que foi o que aconteceu com uma amiga minha do carteado.

Só tem uma única coisa que eu conto ao meu filho que não é invenção: que eu estou passando álcool gel em tudinho depois que a pandemia começou. Bem, isso é só uma meia verdade, porque isso não é de agora, eu sempre passei álcool em tudo. Uma coisa que eu sempre fui é uma pessoa limpa. Se você vier à minha casa e quiser comer uma maçã caída do chão, pode ter certeza de que não vai passar mal. Não tem piso mais limpo que o da minha casa. Eu ando descalça o dia todo pra sentir se o chão não está empoeirado, se não tem poeira grudando na sola do meu pé. Você sabia que eu aspiro tudo duas vezes por dia?

Veja bem, eu sei que é um pouco de crueldade com o meu filho esse exagero todo. Dá a impressão de que eu estou sofrendo com o isolamento social. Mas a verdade é que não estou. Velha, viúva, meio carcomida pela idade... Do que eles acham que eu estou sentindo tanta falta? Pandemia é ruim é pra quem tem companhia pra viajar, pra quem tem dinheiro pra gastar em restaurante, pra quem quer arrumar namorado... Pra mim nada disso faz falta. Chega a me dar um certo alívio ver que ninguém está fazendo nenhuma dessas coisas por causa da pandemia... Meu Deus do céu, que coisa horrível isso que eu acabei de falar. Não conta pra ninguém, ouviu bem? Mas, cá entre nós, nem é pecado pensar essas coisas aqui sozinha, fechada nesse apartamento. Ou será que é?

A única coisa que pegou pra mim nessa pandemia é que eu adorava dar uma voltinha no shopping depois das minhas consultas médicas. Não que eu ficasse comprando um monte de coisas. Nunca fui de esbanjar. Gosto mesmo é de olhar as vitrines. Mas só pelo lado de fora das lojas. Elas estão sempre lotadas, todo mundo se acotovelando, as vendedoras querendo te empurrar umas bugigangas da China que não valem nada. E, quando é loja de grife, as vendedoras ficam reparando em você, pensando que você é uma jeca, que não tem dinheiro pra pagar. Nessas lojas chiques, nunca ninguém veio me atender. Uma vez fiquei lá parada esperando, com a maior cara de pateta. É por isso que, depois de terminar as minhas consultas médicas, o que eu gostava mesmo de fazer no shopping era ir tomar um milk-shake. Mas não sou habituada com nada muito doce. Milk-shake é o único doce de que eu gosto. Depois que eu comprava o meu sorvete, ficava por lá, olhando as modas... Todo mês eu fazia isso. Marcava mil consultas e exames. Ginecologista, oftalmologista, angiologista, otorrinolaringologista, psiquiatra, cardiologista, gastroenterologista, endocrinologista, alergista, ortopedista, neurologista e reumatologista. Pra cada mês do ano, um especialista diferente. Eu só não procuro dermatologista. Não sou dessas mulheres frívolas. E olha que tem dias em que eu nem me reconheço mais. Quando me olho no espelho, tenho vontade de sair correndo. Estou parecendo uma bruxa! Hoje é que eu percebo o quanto eu não aproveitei a minha juventude. Eu acho até que era bonita e não sabia. Mas agora, Jesus amado, é cada pé-de-galinha, cada vinco na testa, cada sulco em torno da boca. E, no entanto, eu não tenho vontade nenhuma de botar botox, fazer preenchimento, cirurgia plástica. Gastar dinheiro com isso? De jeito nenhum! Pra que tentar disfarçar o peso dos anos numa mulher velha feito eu? E olha que os anos passaram voando, não fiz nada com eles. Deixei que eles fossem triturando cada minuto de cada uma das vinte e quatro horas de cada dia. Dia que agora se arrasta tão devagar, tão sem nada pra fazer nesse apartamento...

Tem uma amiga minha — a única que ainda me liga com uma certa frequência — que, depois que a pandemia começou, passou a acompanhar todos os dias o mapa da Covid no Jornal Nacional. "Hoje o nosso Estado está amarelo! Graças a Deus! Coitadas das pessoas que moram onde está faltando oxigênio. Deve ser horrível viver lá." Acho até que, no início, ela se preocupava mesmo se essa gente toda ia morrer. Mas agora é uma chateação. Ela fica me passando zap todo dia com essa baboseira de Estado azul, Estado amarelo, Estado vermelho. A doidinha parece que está no bingo. Aquilo virou uma distração, um jogo de adivinhação. "Será de que cor que o Rio de Janeiro vai estar amanhã? Ih, amanhã Pernambuco vai estar vermelho. Aposto." Que ladainha! Por isso que eu não gosto do zap. Agora ficam me passando mensagem, mandando eu tomar cloroquina, remédio de piolho. Vê lá se eu sou mulher de ficar tomando remédio assim, sem nem ler a bula? Ora, faça-me o favor! Se até o remédio prescrito pelo meu médico, que é formado e pós-graduado, eu só aceito tomar depois de ler a bula de cabo a rabo... É que eu sempre tive o hábito de ler bula de remédio, sabe? Daí que, no fim das contas, acaba que eu não tomo remédio nenhum. Dá muito efeito colateral.

Antes da pandemia, eu gostava mesmo é de acompanhar o noticiário, de assistir ao jornal. Passava o dia inteiro assistindo aos canais de notícias. Mas, de uns tempos pra cá, só dá tragédia, notícia ruim. Não que eu fique com medo de morrer. Se chegar minha hora, eu vou. Deus é quem sabe. Mas a minha gastrite anda atacada. Tenho tido muita palpitação na hora de dormir. Então, eu tenho procurado uns programas mais calmos. Um dia desses, controle remoto na mão, acabei parando num daqueles canais em que só passam documentários sobre a vida dos bichos, mostrando um monte de paisagens da natureza ao fundo. O que me capturou foi a voz calma de um locutor falando em francês, descrevendo o que acontecia no silêncio das Montanhas Rochosas do Canadá. Eu achei tão bonito o que ele disse que eu até anotei. "Durante o verão, as

Rochosas ficam cobertas de neve apenas no cume, circundadas pela imensidão de um lago de águas translúcidas, o Lake Louise. O brilho do seu espelho d´água lembra uma pedra preciosa. Um falso brilhante, contudo, em torno do qual se escondem algumas das criaturas mais ferozes do nosso planeta: o fascinante urso pardo, também conhecido como urso grizzly." Depois que o locutor falou isso, meu Deus do céu, você não faz ideia da carnificina que começou no mundo animal.

É que os ursos passam o inverno todo dormindo, fechados numa cova, que eles mesmos cavam debaixo da neve. Me lembrou aquela coisa de hibernar que o Zé Colmeia fazia num desenho de que o Mauro Henrique gostava quando era pequeno. Aí, quando o inverno termina, eles acordam famintos e saem à procura de comida. Eu já tinha lido em algum lugar que eles tinham que comer bastante, para poder estocar gordura no corpo para o inverno seguinte. O que eu não sabia é o que eles comiam. Eles comem de um tudo: rato, craca, larva, peixe, mariposa, coelho, cobra e até sapo! Sem falar no sangue escorrendo da carne destroçada dos veadinhos, com aqueles tendões à mostra, os nervos esgarçados pela bocarra do urso, sem qualquer possibilidade de defesa ou de perdão. Você sabia que, de tão feroz, até os lobos têm medo do urso pardo? Mas o pior eu ainda não te contei: as ursas, quando ainda estão amamentando os seus filhotes, precisam não só afugentar os coiotes e os lobos à espreita, como têm que ficar de prontidão contra os ataques dos ursos da sua própria espécie, que, famintos, podem chegar a atacar um ursinho! Pensa bem: esses ursos são uns canibais!

E a coisa não parou por aí. No documentário, ainda mostraram vários outros bichos selvagens lutando pela sobrevivência: um devorando o outro, que devorava o outro, que devorava o outro. Tudo na maior naturalidade. O narrador terminou com a voz mais plácida do mundo, concluindo que, graças àquele banho de sangue, o equilíbrio do ecossistema das Montanhas Rochosas havia sido resguardado. Olha, vou te contar... Sabe que eu até dormi mais tranquila depois que eu desliguei a televisão? Não tive palpitação nem nada. Agradeci a Deus que essas coisas de bicho não acontecem com os humanos, me meti debaixo do edredom e dormi o sono dos anjos.

SANTA CLARICE

O ano era 2020, aquele ano maldito em que a Terra parou virada do avesso, entrincheirada em certezas passageiras. Melina e Vicente estavam casados havia onze anos. E, se o namoro também contasse, quinze seria o total de anos de convivência daquele casal mais que comum.

Nascida na década de oitenta, Melina tinha ouvido falar dos "cinquenta anos em cinco", lema de campanha de Juscelino Kubitschek, apenas nas aulas de história do Brasil. O que a fez se recordar daquilo foi a clausura a que já estava submetida há quarenta e três dias. Trancada em casa com Vicente e o filho deles de oito anos, ela temia viver dez anos em 365 dias. E que 2020 se tornasse uma paródia melancólica daquele *slogan*. Naquele ano, não haveria um surto de desenvolvimento, mas o desenvolvimento de um surto.

"Martha, eu nunca passei tanto tempo com o Vicente dentro de casa. Todo dia ele me pergunta se eu quero que ele conserte alguma coisa, se eu quero que ele compre alguma coisa, se tem algum filme bom passando na televisão. Só que eu não ando querendo nada com nada. Sinto preguiça, fome, sono. Medo. Mas querer mesmo, não quero nada. Ensaio querer, porque eu queria ser mais assim como ele, continuar tocando em frente sem reclamar. Mas meio que me entreguei, entende?"

"Entendo, entendo... Olha, vou te contar uma coisa. Quem sabe aí você se anima um pouco: o Celso passa o dia trancado no escritório. E faz o tipo demônio-do-*home-office*, sabe? Pobre de quem ousar chegar perto do santuário dele sem ser chamado... Noutro dia, o João bateu na porta perguntando se ele queria jogar *playstation* e ele berrou lá de dentro que estava tra-ba-lhan-dooo. Sacou o meu problema?"

"Sim, amiga, saquei. Bobagem minha. Não posso mesmo me queixar", interrompeu-se, os ombros vergados.

"Pois então, Melina... A última Coca-Cola do deserto distópico é a civilidade. Quer dizer, a penúltima, não é? A última mesmo é o IGG positivo. Aliás, estamos todos bem, saudáveis. Não perdemos nossos empregos. Tenta passar uns dias sem ler jornal. Vai te fazer bem. Agora eu preciso desligar. Ainda tenho que corrigir as redações dos meus alunos antes de dormir. Amanhã me levanto cedo pra colocar o café da manhã pra Sua Alteza, o executivo destronado do gabinete real. E ai de mim se ele não encontrar os ovos com bacon dele prontinhos antes do primeiro *call*."

Melina desligou sem retirar imediatamente os fones que vedavam seus ouvidos. Parecia recear que algum resquício daquela queixa pudesse escapar de dentro dela. Suspirou. Queria ter tido mais tempo de confabular com a amiga de tantos anos sobre coisas adultas e femininas. Queria poder jogar conversa fora como faziam antes da pandemia, quando suas projeções sobre o futuro eram sempre as mesmas, cômodas e plausíveis. Acabou por concluir que não era o tempo que faltava para esse tipo de conversa. Faltava mesmo era o lugar. Depois perdeu o fio da meada. Lá vinha o filho, rosto afogueado, correndo em sua direção:

"Mamãe, mamãe, onde está guardada minha varinha do Harry Potter? Combinei com o Bento de ver Cálice de Fogo junto com ele amanhã de tarde."

"Mas como, meu filho, se ninguém pode sair?"

"A mãe dele vai fazer um *facetime* pra gente assistir com outros amigos, cada um na sua casa. Depois a gente vai ficar jogando pelo *tablet*. Você deixa, mamãe? Amanhã só tem *zoom* da escola de manhã."

"E o que você acha dessa ideia, filho? Não é um pouco estranho os meninos ficarem assistindo tevê sozinhos cada um na sua casa?"

"Melhor que nada, mamãe. Quando isso tudo passar, vou chamar o Bento pra vir aqui jogar *playstation* comigo todo dia!"

Melina ficou se perguntando de que serviria a varinha mágica se não haveria faz-de-conta de verdade. Pensando melhor, a ideia da mãe do Bento era o maior de todos os faz-de-contas. Melina resolveu procurar a varinha mágica que, ela apostava, se perderia entre as almofadas do sofá assim que o filme começasse. Mesmo assim, ela se sentia lenta, pesada. Que diabo de mãe era ela que não se animava nem com a boa vontade do filho, com sua genuína empolgação apesar daquela vida estranha, falada num dialeto tecnológico todo escrito em itálico? Preferia o quê? Ficar entre quatro paredes com uma criança chutando a parede na falta de uma quadra de futebol?

Encontrada a varinha mágica na gaveta em que costumava guardar as miudezas do filho, Melina a entregou ao garoto, afastando seus cabelos da testinha suada. E deu-lhe um beijo, que o menino não sabia ser um pedido de perdão. Ensaiou abraçá-lo, mas ele se esquivou daquele afago fora de hora. A boca seca de sede fez Melina caminhar até a cozinha, de onde vinha um estalido indistinto, de algo sendo preparado na frigideira. "Ovos mexidos de novo, meu amor? Eu podia ter preparado alguma coisa de diferente."

"Não quis te incomodar. Escutei o pequeno te pedindo pra procurar a varinha do Harry Potter. Conseguiu encontrar?"

"Sim, sim. Ela nunca saiu do lugar onde eu tinha guardado. Ele nem brinca mais com aquilo..."

Melina reparou que os cabelos de Vicente tinham crescido além da conta naqueles quarenta e três dias isolados do mundo. Estavam desalinhados e mais grisalhos também. Aquela massa de cabelos rebeldes, num comprimento muito maior do que Vicente normalmente usava, parecia nascida da cabeça de uma outra pessoa. O tipo de pessoa preocupada em transmitir uma mensagem através do próprio cabelo. Vicente não era assim. Ele não era do tipo que se preocupava em ter um estilo. Buscava apenas um corte de cabelo descomplicado, que não lhe desse outro trabalho além de lavar a cabeça.

Melina deteve-se então e, calada, ficou observando o marido, interrogando se aquele possível desleixo seria o sinal de uma preguiça desgostosa, de desalento. E sentiu uma animação fora de hora, deslocada. Uma alegria suspeita. Será que Vicente também se sentia cada vez mais apagado naqueles dias estranhos? Alguma coisa o moveria além da fome, do sono, daquilo que era básico? Será que ele também estava com medo?

Percebeu-se apaziguada pela perspectiva de que Vicente estivesse experimentando o mesmo desânimo que ela vinha sentindo desde o princípio do isolamento. A partir de agora, ela finalmente poderia lhe ser útil, prestativa, tranquilizadora. Imprescindível, talvez. A letargia das últimas semanas se dissipou imediatamente, dando lugar a um acanhado contentamento. Melina quis correr os dedos pela nuca do marido acima. Os cabelos dele tinham se transformado um tapete felpudo. Desistiu do movimento. E se ela estivesse enganada?

Claro que não era nada naquilo. Ela conhecia Vicente bastante bem. Naturalmente, o cabelo crescera além da conta apenas pela falta de um barbeiro disponível. Nada além disso. Melina murchou. Aquilo havia sido puro devaneio. Quanta perversidade havia nela por desejar encontrar no marido o espelhamento de suas fraquezas, apenas para que se tornasse mais necessária, mais relevante. Movida agora por uma ternura quase piedosa, Melina não pôde mais conter aquele gesto que, tinha certeza, funcionaria em Vicente como um lembrete de que já estava na hora de um novo corte.

"Meu cabelo está grande, não é? Preciso dar um jeito nisso. Acho que vou comprar uma máquina. Não deve ser difícil de usar."

"Mas você está tão bonito assim..."

"É que eu gosto do meu cabelo cortado bem rente. É mais prático, dura quase uns dois meses. Acho mais seguro também do que ir ao barbeiro. Mesmo que a barbearia reabra, eu prefiro manter o isolamento. Não me importo se o corte ficar torto", disse sorrindo.

Melina concordou, arrependida do que tinha imaginado ao ver o cabelo de Vicente daquele tamanho. Condenou-se por desejar que o marido sentisse o mesmo que ela. Eu deveria desejar me tornar mais parecida com o Vicente, não que ele se tornasse mais parecido comigo, ela pensou. Por que, então, não conseguia sequer imitá-lo? Começaria pela tentativa de não se deixar dominar por aqueles devaneios, pela lassidão vinda do mundo lá fora. Assim como Vicente, ela também seria uma pessoa que segue adiante. Com a louça lavada e o menino dormindo, Melina foi buscar um canto quieto da sala. Retomaria suas leituras. Não podia mais continuar esperando a aprovação da vacina de Oxford para voltar a viver.

Lembrou-se das duas pequenas pilhas de livros esquecidas em paralelo sobre a mesa de canto desde antes do Carnaval. Ambas se encontravam agora soterradas por uma outra pilha. A de caixas de jogos de tabuleiro, que Vicente descera do armário para jogar com o filho durante a clausura. Enquanto tentava colocar ordem na bagunça de livros e caixas, apenas um dos livros caiu da pilha, batendo com a lombada sobre o dedão do pé de Melina. O livro se apartou dos outros volumes como que por intervenção de uma divindade provocadora. Era uma edição recente de *Perto do coração selvagem*, que ela havia ganhado de Martha de presente de aniversário. Pegou o livro do chão e abriu na página de rosto, onde se encontrava a dedicatória feita pela amiga:

> *Para minha querida amiga Melina, a quem desejo saúde e muitas alegrias desde sempre, torcendo para que Santa Clarice, redentora dos angustiados, encontre na aniversariante do dia mais uma devota! Depois me conta se gostou. Estou curiosa.*

Na época em que ganhou o livro de Martha, Melina não entendeu o que a amiga quis dizer com aquilo. Pensou até em trocar o presente, mas ficou com vergonha dela, que era professora de literatura. Além disso, Martha tinha feito o livro de cartão de aniversário, de modo que seria bem difícil conseguir trocá-lo. Apostou que Martha tinha escrito dentro do livro de propósito. Só para obrigá-la a ler algo mais denso. Justo ela que preferia as distrações inofensivas. Apesar disso, Melina não se daria por vencida. Ela tinha agora todo o tempo do mundo para tentar entender a dedicatória enigmática de Martha.

Abriu o livro. Começou a conhecer a história de Joana pelo começo, sem saltar as páginas, como tinha o costume de fazer. O primeiro capítulo mostrava uma Joana ainda menina, às voltas com seu tédio de criança. Deixou o livro de lado para pesquisar sobre a vida de Clarice Lispector no celular. Ela havia morrido em 1977, quando as crianças nem sequer sonhavam com *tablets*. Aquela Joana-menina-entediada não existiria em 2020. Alguém já teria desovado no seu colo uma dessas chupetas digitais de hoje em dia. Melina, então, sentiu pena da falta de imaginação do filho, praticamente bilíngue desde a creche. Quando tinha a idade dele, não conhecia nenhum outro idioma. Mas sabia brincar de enrolar a língua fazendo de conta que falava inglês. Prosseguiu para o segundo capítulo:

Piedade é a minha forma de amor. De ódio e de comunicação. É o que me sustenta contra o mundo, assim como alguém vive pelo desejo, outro pelo medo. Piedade das coisas que acontecem sem que eu saiba. Mas estou can-

sada, apesar de minha alegria de hoje, alegria que não se sabe de onde vem, como a da manhãzinha de verão. Estou cansada, agora agudamente! Vamos chorar juntos, baixinho. Por ter sofrido e continuar tão docemente.

Melina não conseguiu acompanhar todas as palavras proferidas por Joana no ritmo vertiginoso da escrita de Clarice. Mas alcançava o que era sofrer e continuar docemente. Melina intuía, sobretudo, o que era mover-se pela piedade. Percebeu, então, sua boca salgada de choro ao se lembrar do cabelo desalinhado de Vicente e da testa suada do filho. Eles existiam (e a amavam) cada um a seu modo. E a recíproca seria sempre verdadeira, desde que jamais tornada exata.

MEMENTO MARE

Nos dias que antecederam a nossa chegada na praia, havia feito muito frio, e a previsão do tempo indicava que haveria ressaca. Só que agora, depois de longos mergulhos numa água lisa de ondas, sentindo o sal nas narinas e com a pele crestada, quase repuxando depois de seca, me pareceu que a meteorologia havia sido ludibriada. E que o sol ratificava a escolha dos que apostavam na companhia do mar. A minha escolha, no caso. A escolha de uma mulher que, numa casa alugada, no alto de uma colina com vista para a enseada, tinha a impressão de que nada de mau poderia lhe acontecer. Ou quase nada.

Quase nada, porque, assim como a alegria pode nos acontecer no inverno, a tristeza às vezes nos alcança no verão. E dessa vez, mal eu tinha pisado na casa de praia, recebi a notícia de que o pai de uma amiga minha havia falecido. Hesitei em seguir viagem. Mas me comoveu o fato de que as minhas filhas, com o adubo dos dias passados nessa interminável pandemia, haviam se tornado criaturas completamente ávidas pelo mar. De modo que resolvi ficar.

E, embora as férias pandêmicas das meninas fossem o álibi perfeito, confesso que não foi só isso que me fez permanecer na praia. Eu já havia experimentado o meu próprio quinhão de tempestade durante outras férias em família. Na véspera de uma delas, em pleno Carnaval, o meu pai também morrera sem dar aviso. Sem falar em outras micro borrascas — algumas nem tão micro assim — que chegaram de uma hora pra outra, quando já estávamos de malas prontas. E foi assim que eu resolvi aproveitar a praia sem qualquer culpa, dando longas braçadas mar adentro, até me abeirar das rochas que circundavam a enseada, povoada por cactos, fragatas e gaivotas, me sentindo não muito maior que um plâncton, ao me recordar de que tudo está por um fio.

Voltamos para casa num domingo de sol, com a estrada lotada de carros fazendo ultrapassagens perigosas, e encaramos um pequeno engarrafamento a dez quilômetros do nosso edifício. Não sei o que me perturbou mais: o tédio do engarrafamento ou a angústia causada pelos motoristas imprudentemente suicidas. Não importa. Cheguei a tempo para a missa de sétimo dia do pai da minha amiga. Chegar é o que conta.

Dirigi-me até a igreja com tranquilidade, sem pensar muito na liturgia de uma cerimônia de despedida. E, quando a missa começou, eu não estava muito preocupada com o que iria ver e ouvir por lá. Passados quatro anos da morte do meu pai, essa não era a primeira missa de sétimo dia a que eu assistiria desde o falecimento dele. Fora que, depois de uma certa idade, esses eventos começam a se tornar mais frequentes. Basta olhar a placidez de alguns idosos nessas ocasiões para entender do que estou falando. Além disso, meu estado mental relaxado me induzia a pensar que eu iria segurar a onda. Eu realmente acreditava que conseguiria cumprir meu dever de amiga de maneira composta, sem desabar, sem dar vexame, chorando mais que a família do morto. O luto não era meu, afinal de contas.

A essa altura, no entanto, não me contive. No final da cerimônia, desaguei nos ombros da minha amiga, ao abraçá-la o mais forte que pude, a despeito das ameaças veladas de um mundo pandêmico. Também, pudera. A missa tinha acabado de ser encerrada com a leitura da belíssima elegia escrita por ela em homenagem ao pai. Um genuíno discurso fúnebre, tocante e detalhado, lido por minha amiga com graça e firmeza, e que resumia, em apenas alguns minutos, todos os feitos de um pai amoroso, do nascimento dele até a sua morte, há apenas sete dias. Um memorial ao amor que o pai tinha dedicado à família e ao mar. Sim, ao mar. O pai dela havia sido um velejador entusiasmado, que ensinara os filhos a navegar pela vida sem medo, prometendo-lhes apenas muitas memórias como herança.

Ouvindo essas coisas todas sobre aquele homem sempre tão discreto, com quem eu havia pouco conversado em vida, não pude deixar de pensar que tudo neste mundo é maravilhoso. E que de grandioso há apenas o mar, as montanhas, as gaivotas no céu. O restante... custa um pouco mais que dez réis de mel coado.

FELIZ ANIVERSÁRIO!!

Se alguém me ligar no dia do meu aniversário, pode ter certeza de que irá encontrar uma pessoa muito feliz do outro lado da linha. E sabe por quê? Eu não tenho maturidade alguma pra ser *blasé* no dia dos meus anos. E, quando falo em maturidade, não é à toa. À medida que envelheço, percebo diminuir o número de amigos que recebem com entusiasmo meus votos de "feliz aniversário!". De modo que comecei a suspeitar que talvez seja o meu entusiasmo o que anda meio fora de lugar.

Não que todos os meus amigos sempre tenham dado importância para o dia dos seus aniversários. Não é isso. Alguns deles, desde bem pequenos, mesmo diante de uma mesa cheia de brigadeiros e de um bolo bem confeitado, já se comportavam como se não soubessem o que aquela gente toda estava fazendo a sua volta na hora do 'Parabéns pra você'. Alguns chegavam a exibir um ar de chateação, como se quisessem lembrar aos adultos que cada minuto na mesa do bolo correspondia a um minuto a menos de pique-pega ou a uma posição perdida na fila do escorrega. Há também aqueles para quem o aniversário é apenas mais um dia a ser riscado numa folhinha de um calendário qualquer, em que nada muda ao seu redor. Para estes, os dias seguem numa via de mão única e uma data numa certidão de nascimento nada mais é que uma data.

Mas não é desse tipo de pessoa que estou falando.

Minha preocupação é com aqueles amigos que, assim como eu, sempre gostaram de celebrar as datas comemorativas, fossem elas datas de nascimento, bodas de prata, aniversário de formatura ou qualquer outro marco temporal que justifique a reunião de um punhado de gente em torno de uma boa mesa, de um chope gelado ou de uma música que faça bem à alma. A cada ano que passa, percebo que vem declinando o número de amigos que faz parte desse último time. E alguns chegam a demonstrar uma certa surpresa quando eu ligo para desejar um feliz aniversário. Como se não fosse algo natural eu me lembrar do aniversário de um amigo. Isso anda me causando muita estranheza.

Pensando melhor, talvez isso tudo seja uma imensa bobagem, e a importância que eu dou às datas de aniversário não tenha nada a ver com o meu grau de maturidade. Muito pelo contrário. Talvez eu esteja sendo apenas antiquada por não ter conseguido ainda me adaptar ao novo normal que vigora em matéria de etiqueta comemorativa nos *Instagrams, Facebooks e WhatsApps* da vida:

Feliz aniversário, querida!!!!!, emoji de bolo de aniversário, emoji de buquê de flores, emojis de corações de cores diferentes;

Parabéns, cara! Felicidadesss!!!! Curta muito seu dia!!!, emoji de taça de champanhe, emoji de tulipa de chope, emoji de carinha amarela de língua pra fora; *Happy bday, @fulaninho!! Um lindo dia pra você!*, emoji de sol brilhando, emoji de arco-íris, emojis de balões vermelhos;

Uma chuva de bênçãos, meu filho, que Deus te abençoe ricamente!!!!, emoji de mãozinha rezando, emoji de mãozinha rezando, emoji de mãozinha rezando.

* * *

De repente, a ficha caiu na minha cabeça com o peso de uma bigorna. Aceita que dói menos, mulher! Se até as tias do zap pararam de te ligar para desejar feliz aniversário e se renderam à linguagem pasteurizada das redes sociais, com seu excesso de exclamações e de hieróglifos *made in Korea*, você não está sendo imatura por ainda esperar que te liguem no dia do seu aniversário. Você é que se tornou tão obsoleta quanto uma chamada telefônica. Você envelheceu.

VOLTE PARA O SEU LUGAR

Boletos, faturas e agora o PIX. Todo início de mês é a mesma coisa: eu destaco algumas horas do dia para pagar as minhas contas. E não satisfeita em apenas pagá-las, eu escrevo as iniciais PG ao lado de cada item da lista de despesas, que eu organizo em ordem cronológica de vencimento. Um ritual que sigo há anos e que me traz um estranho contentamento. Peço, no entanto, que não ria do meu deleite neurótico, prezado leitor. Certos hábitos funcionam para mim como um corrimão, em que eu ancoro a fantasia de que o cotidiano seguirá sempre o mesmo. Como se ele não pudesse ser alterado a qualquer momento sem aviso prévio. Fazer o quê? Cada doido com a sua mania.

Não pense, todavia, que eu não sei identificar onde nasceu essa minha inofensiva neurose. Alguns até podem se surpreender quando se pegam repetindo os comportamentos paternos e maternos. Mas não eu, uma neurótica de mão-cheia. Quando criança, eu já adorava observar os adultos. Especialmente o meu pai, que, vez por outra, entrava comigo em alguma agência bancária no caminho da escola para casa. Nesses dias, eu voltava munida de um montinho de envelopes de depósito que eu surrupiava da agência para brincar de escritório. Vem dessa época também a memória do meu pai com uma indisfarçável cara de satisfação. "Adoro pagar contas, minha filha. É muito bom!"

Eu não entendia muita coisa sobre o medo do endividamento quando eu era criança. Mas, à medida que fui crescendo, compreendi que a reação do meu pai tinha a ver com o fato de que o dinheiro não sobrava na nossa casa. A ficha só caiu mesmo quando eu recebi o meu primeiro holerite. Nesse dia, eu ouvi da minha mãe uma daquelas pérolas que não desgrudam da gente nem com muita análise: "Parabéns, filha! Você agora só entra no vermelho se não tiver juízo."

Essa história tinha tudo para terminar aqui. Afinal, já trabalho no mesmo lugar há vinte anos, continuo a receber meu contracheque e a pagar as minhas contas rigorosamente em dia, como mandam o Código Civil e o Baú da Felicidade. Talvez a única coisa que ainda valesse a pena acrescentar a este relato fosse um parágrafo sobre o dia em que eu tomei o elevador do edifício em que eu trabalho e tive uma experiência digna de qualquer adepto do espiritismo, o que não é o meu caso.

"Cristina Miriam, eu adoro pagar boletos. É muito bom!" Eu estava no fundo do elevador, olhando pra baixo como de costume, quando escutei essa frase. Tive que levantar a cabeça e procurar quem havia dito aquilo. Cristina Miriam e a amiga continuavam conversando. A pagadora de boletos tinha pinta de maluca. Olhos vidrados, trejeitos muito agitados pra uma pessoa que acabou de voltar do almoço... Será que ela tinha incorporado o espírito do meu pai?, me perguntei.

A essa altura, querido leitor, você já deve ter percebido por que essa história não pôde ser concluída com a preleção da minha mãe sobre contas bancárias no vermelho. Como eu poderia concluí-la contando apenas que continuei trabalhando e pagando contas, pagando contas e trabalhando, depois do que ocorrera naquele elevador? Parecia evidente que meu pai estava falando comigo por meio de uma colega do trabalho. A amiga de Cristina Miriam havia servido a ele de cavalo espiritual! E eu tinha uma leve suspeita do porquê. Decerto eu andava fazendo algo de errado.

Rastreando o que eu poderia ter feito de tão grave a ponto de trazer meu pai de volta do além-túmulo, percebi em mim um certo ar de condescendência quanto ao prazer que ele tinha em pagar contas. De uns tempos pra cá, sinto que minha paz vem sendo perturbada por certos mantras da modernidade como "a vida não é só pagar boleto" ou "viva com propósito"... E isso tudo eu consegui pensar em minutos, no curto trajeto que liga o rol dos elevadores à minha estação de trabalho! Acho que minha psique, neuroticazinha que só ela, precisou fabricar um encontro sobrenatural com meu pai *só pra* que eu pudesse expiar as minhas angústias existenciais.

Na volta do almoço, *não h*avia mais tempo para devaneios. Uma pilha imensa de documentos me aguardava sobre a mesa. Aquela pilha de papel tem me esperado todos os dias nos últimos vinte anos. Apenas para sumir no fim do expediente e voltar no dia seguinte, como quem diz: *Revertere ad locum tuum!* Volte para o seu lugar! (Mas de onde foi que essa frase surgiu? De onde eu tirei isso, meu Deus? Lembrei... *É* a frase que adorna a porta de um cemitério que fica perto da minha casa.)

Cavalo espiritual, frase de porta de cemitério... Tenho que admitir: minha livre associação de ideias não anda lá muito alvissareira. Não devo estar mesmo muito boa da cabeça. Toca trabalhar, caro leitor! Pagar as contas é preciso.

E dilema pouco é bobagem.

FUTURO

HIPOTENUSA

Esta é a história de Ulla Schmidt, uma astronauta alemã filha de pais brasileiros, e de Izmir Egal, um alemão filho de imigrantes turcos, que não gostava quando lhe respondiam "pra mim, tanto faz." Em alemão, quando alguém diz que tanto faz, usa a expressão "*ist mir egal*", o que levava muitos alemães a fazer trocadilhos infames com o nome de Izmir, que era tão alemão quanto eles.

* * *

Ulla tinha dezessete anos quando trocou o vilarejo de Fürchten por Heidelberg, cidade universitária onde estudaria Engenharia Mecatrônica. Ninguém nunca soube muito bem o que levou Ulla a se tornar astronauta. No entanto, numa biografia não autorizada publicada no Reino Unido, consta que desde menina ela era fã de tudo que dissesse respeito ao espaço. Segundo a publicação britânica, sua música preferida era Space Oddity, seu filme favorito, Apollo 13 e seu cãozinho de estimação se chamava Galileu. Ulla também teria tido uma gata batizada de Barbarella, o que prova que, para o autor de sua biografia, ela era apenas uma mulher com fixações monotemáticas. Certas coisas não mudam do outro lado do Canal da Mancha. Mais de trinta anos se passaram desde o fim do reinado de Elizabeth II, mas os ingleses continuam livres para desfrutar de sua imprensa sensacionalista. Os tabloides — os antepassados mais remotos dos robôs disparadores de *fake news* que tomaram conta do Twitter depois de sua compra por um bilionário excêntrico — continuam a espalhar mentiras a todo vapor através das redes sociais.

Voltemos à Ulla Schmidt. Depois de concluir o curso de mecatrônica em menos de cinco anos, recebendo seu diploma *magna cum laude*, ela decidiu permanecer mais uns meses em Heidelberg. Mas só até que fosse concluído o processo seletivo para as duas vagas de emprego a que ela havia se candidatado. A primeira, numa indústria química do Vale do Ruhr. A segunda, na cidade portuária de Hamburgo. Nem passou pela cabeça dela continuar definitivamente em Heidelberg, uma cidade que ela considerava turística demais. No entanto, decidiu explorar suas pontes e vielas até que soubesse para onde deveria se mudar. Algo que não tinha tido tempo de fazer nem quando ainda era uma caloura. As aulas de cálculo a fascinavam muito mais que as festas do *campus*. Como numa regra de três, os números estavam para Ulla assim como uma cantata de Bach estaria para um estudante de música clássica. Curiosamente, naqueles primeiros dias sabáticos de Ulla, foi um concerto de música clássica — e não um teorema — o que a levou a subir, pela primeira vez, as ladeiras da cidade em direção às ruínas vermelhas do Castelo de Heidelberg, que, lá do alto, vigiava o Vale do Rio Neckar e as pontes espalhadas sobre o rio, ligando um lado da cidade ao outro.

Passando pelo jardim ao lado do pátio central da faculdade, Ulla notou um grupo de cantores que parecia estar ensaiando um tipo de música erudita. Ela não sabia ao certo do que se tratava, mas pareciam cantar a ária de alguma uma ópera. Perto deles, um rapaz um pouco mais jovem do que ela distribuía panfletos digitais, trabalhando na divulgação de uma récita que aconteceria no castelo às dezenove horas daquele mesmo dia. Ulla aproximou seu celular do *QR code* mostrado pelo rapaz, continuando imóvel mesmo depois que o aparelho já havia escaneado o código. Ela parecia paralisada, a cabeça voltada para os cantores, o que fez o rapaz sorrir.

"É *Nessun Dorma*, de Turandot. Estão ensaiando. Bonito, não?"

"Nunca ouvi. Mas é bonito, sim."

"Meu Deus do céu... Em que planeta você vive que nunca ouviu *Nessun Dorma*?"

"Planeta hipotenusa, eu acho."

"Hipotenusa? Agora sou eu quem nunca ouviu falar disso."

"É o lado de um triângulo retângulo que fica oposto ao seu ângulo reto e..."

"Oposição ao ângulo reto...", ele a interrompeu. "Hum, gostei disso. Bem, se você quiser explorar outros planetas, te garanto que o Planeta Ópera é bem interessante também."

"Sim, já deu pra ver."

"Legal! Então espero você hoje lá no castelo. Às dezenove horas. Até mais!", o rapaz saiu andando em direção a um grupo grande de turistas japoneses de passeio pela universidade.

Ulla olhou para a tela do celular sem entender muito bem o que havia acontecido. Aquilo era uma flerte ou o rapaz estava apenas sendo convincente no seu trabalho de divulgação? Seu único namorado tinha sido um menino da Engenharia Química. E, tecnicamente, ele nem podia ser chamado de namorado. Era mais um vizinho de alojamento com quem ela ficou saindo por um tempo depois que resolveu perder a virgindade com ele. Depois disso, Ulla passou a transar com alguns colegas de turma, mas sem qualquer envolvimento. Sexo para ela era apenas uma questão de oportunidade.

Antes de subir a ladeira que levava ao alojamento onde morava, comprou um sanduíche de pão de centeio com recheio de falso *schnitzel*. Ulla era vegana, o que não era uma escolha política ou uma manifestação de consciência ecológica de sua parte. Praticamente todas as pessoas da idade de Ulla eram veganas. Já fazia tempo que comer carne vermelha havia se tornado uma idiossincrasia na Alemanha. Em determinados lugares, como escolas e praças públicas, era proibido o consumo da carne vermelha, produto que chegava a custar o dobro do que se cobrava pelos produtos veganos por conta da tributação mais pesada sobre a carne e seus derivados. Algumas pessoas sequer admitiam publicamente ainda gostar de carne vermelha. Pegava mal. Com as vacinas, não foi diferente. Desde 2029, quando uma nova variante do coronavírus começou a se disseminar primeiramente num grupo de indivíduos que se autodenominava *Antivax*, o governo alemão baixou uma série de restrições aos direitos de quem se recusava a tomar vacinas. Ulla fazia parte de uma geração inteira criada sob essas novas diretrizes.

Terminado seu sanduíche vegano, ela se lembrou de que precisava revisar um artigo que enviaria para uma publicação científica de Bremen, no norte da Alemanha. Preferiu deixar isso pra outra hora. Não fazia ideia se no seu armário havia algum sapato aceitável para uma ida a um concerto. Deu uma olhada lá dentro. Achou um tênis, depois um chinelão de fivela. Revirando as caixas embaixo da cama que ela tinha trazido da casa dos pais, encontrou um par de sapatilhas, que calçou sem muita convicção, embora fosse, de longe, a opção menos inadequada.

Tomou banho usando quase toda a cota de água que lhe cabia naquele dia. Passou uma camada fina de batom, pensando que seria uma experiência útil conhecer um novo gênero musical. Quem lida com a programação de robôs precisa de um vasto repertório de conhecimentos gerais. Certificou-se de ter desligado as luzes todas do cômodo que ocupava no alojamento de estudantes. As multas eram pesadas para quem desperdiçava energia. Caminhou até o início da subida para o castelo, onde conseguiu uma carona com um grupo de chineses.

Passando do portão que dava no pátio do Castelo de Heidelberg, Ulla avistou o rapaz da filipeta na entrada no anfiteatro montado na frente dos muros vermelhos das ruínas. Trajado de nobre chinês, ele também a reconheceu. Ele apenas acenou pra ela de longe. Parecia ocupado encaminhando o público para os seus lugares, mostrando os espaços vazios nos bancos do anfiteatro. Em breve o espetáculo começaria. Um palco havia sido montado no centro do anfiteatro. A plateia estava lotada. Não se tratava de algo improvisado, como Ulla havia pensado. Ela procurou um lugar vazio para se sentar, mas o único que encontrou ficava ao lado de um senhor cuja roupa cheirava a mofo. Começou a espirrar de modo incontrolável. Preferiu se retirar. Recostou-se na balaustrada nos fundos do castelo, de onde se podia avistar Heidelberg lá embaixo, mas acabou resolvendo ir embora. Sua alergia não a deixaria em paz antes que o espetáculo terminasse. Já ia descendo a ladeira, quando foi abordada pelo rapaz dos panfletos fantasiado de chinês:

"Ei, com licença, você já está indo?"

"Sim, me sentei ao lado de um senhor cheirando a mofo. Não paro de espirrar. Não seria justo atrapalhar quem realmente gosta de ópera."

"Mas o que é isso? No Planeta Hipotenusa se desiste assim tão rápido?"

"Sim. Quando a probabilidade de sucesso é pequena."

"E se eu te acompanhasse até em casa?"

"Acho que meus colegas de alojamento iriam rir de mim, se me vissem acompanhada de alguém vestido desse jeito. Além disso, eu nem sei o seu nome."

"Izmir Egal", falou o rapaz, estendendo a mão.

"Quer dizer que tanto faz eu ficar ou não?", perguntou, dando uma risadinha. "Se é assim, eu vou embora."

"Claro que não. Izmir é o nome da cidade dos meus pais na Turquia. Eles vieram pra cá em 2020, quando perderam o emprego depois da Grande Pandemia de Covid-19. O irmão do meu avô já vivia aqui há muitos anos. Ele acolheu a minha família."

"Desculpe ter rido, mas é engraçado um nome que soa como tanto faz. Meus pais também vieram do Brasil em 2023. Tinham um nome bem brasileiro que tiveram que trocar. Vieram fugidos depois de sofrer ameaças de morte."

"Coitados! Por que isso aconteceu?"

"Eram cientistas. Trabalhavam na Amazônia. Salvaram-se por causa da ajuda humanitária do governo alemão."

Ulla e Izmir poderiam continuar a conversa por muito mais tempo, mas ouviram a orquestra tocando seus primeiros acordes.

"Escuta só: já vai começar. E você nem está mais espirrando. Vem comigo? Te arrumo um lugar longe do cheiro de mofo."

Caminharam apressados por detrás da última fileira de cadeiras, sentando-se ao lado da mesa do operador de luz, que era colega de faculdade de Izmir. De lá, tinha-se uma visão privilegiada do palco. Depois se espalhou pelo ar o odor da névoa de desinfetante químico antiviral, uma praxe naquele tipo de evento. Enquanto isso, Izmir sussurrou para Ulla um resumo do libreto, enfatizando a parte em que a cruel princesa Turandot ordena a seus súditos que ninguém durma até que se descubra qual o nome do príncipe misterioso que a desafiou.

Ao fim do espetáculo, Izmir tinha os olhos levemente vermelhos. Nunca deixava de se emocionar com a ópera. Ulla fingiu que não percebeu. Puxou um assunto qualquer. "Esqueci de perguntar: você faz parte da companhia?"

"Eu? Não... Sou irmão da cantora que interpreta a Liu. Me dispus a ajudar, já que sou designer. Eu que fiz toda a parte gráfica da divulgação. Mas, enfim, isso não é importante. Você chegou a reparar na acústica desse anfiteatro?"

"Notei sim, é uma obra de engenharia impecável. A estrutura é de fato capaz de conter as frequências mais graves e filtrar as mais agudas."

"Olha, eu estava esperando uma resposta menos técnica", retrucou rindo. "Já ia te dizer que a acústica nem é tão boa assim. E que extraordinária mesmo é a técnica dos cantores de ópera, que conseguem projetar a voz de modo que ela possa ser ouvida até por quem ocupa o último assento."

"Aí é que você se engana. A velocidade do som se altera conforme o meio em que a onda sonora é propagada e..."

"Está bem, está bem. Já entendi. Não dá pra competir com você nessa parte técnica, Senhorita Hipotenusa", fez um gesto indicando a saída.

"Por aqui, por favor. Vamos descendo antes que apaguem as luzes. Mas...e então? Você ainda não me disse se gostou da ópera."

"Gostei. É bem bonito. A beleza da música é inegável, mas...", Ulla fez uma pausa olhando para o celular.

"Mas o quê?", perguntou Izmir.

"Eu não sou de chorar, de me emocionar. Não estou acostumada com essas coisas."

Aquela resposta fez com que Izmir travasse por um instante. Não conseguia compreender muito bem como operavam as emoções de pessoas feito Ulla. Ela, por sua vez, ficou pensando em levá-lo pra sua casa. Pensou que ele devia trepar bem com aquela sensibilidade toda. O fim da descida chegou. Ulla pôs um ponto final no curto-circuito mental de Izmir. "E então? Podemos tomar uma cerveja?"

"Não, hoje não posso. Tenho que ajudar o pessoal da ópera a recolher as coisas amanhã bem cedo. Fica pra próxima."

A caminho de casa, Ulla olhou para os pés, sentindo uma bolha no calcanhar esquerdo, que havia sido causada pelo arremate de quinta categoria de sua sapatilha de segunda mão. Sentou-se na cafeteria de um albergue do outro lado da ponte, pediu uma cerveja de trigo. Começou a conversar com um estudante da Engenharia Civil que trabalhava ali como garçom, com quem tinha feito duas matérias na faculdade. Conversa vai, conversa vem, convidou o rapaz para ir à casa dela. Tinha que dar um jeito de resolver aquilo que Izmir não quis terminar.

No dia seguinte, quando o projeto de engenheiro ainda estava dormindo na cama dela, o celular começou a vibrar em cima da bancada. Era Izmir, o que detestava a expressão tanto faz. E que, em plena era da transcrição de mensagens ditadas por voz, ainda preferia falar ao telefone como no tempo de seus pais. Ela atendeu, calçou os chinelões de fivela, deixou um bilhete para o projeto de engenheiro. Foi falar com Izmir na rua. Praticamente deu a volta pela cidade com o telefone grudado às orelhas, o que chamou a atenção dos transeuntes. Quando se cansou, recostou-se numa grade que servia de suporte para os cestos de coleta de nove tipos diferentes de lixo. Perguntou quando poderia encontrá-lo.

“Hoje à noite. Na livraria Buchtolt Brecht, às dezenove horas.”

“Por que numa livraria?”

“Porque é um lugar que você precisa conhecer”, disse ele.

E desligou.

Ulla não entendeu nada, perguntando-se o que ele queria dizer com aquilo. Era óbvio que ela conhecia muitas livrarias. Será que ele achava que ela havia se graduado em mecatrônica apenas lendo gibis?, pensou. Bem que ela gostava de HQ. Ficou preocupada que ele a tivesse achado meio limitada, inculta. Mesmo assim, Ulla não desistiu de Izmir. Decidiu sair para comprar uma sapatilha nova. Quando voltou pra casa, estourou mais uma vez a cota de água permitida para banhos no verão. Depois borrifou atrás das orelhas o máximo de perfume que sua alergia permitia. E até colocou nas orelhas os brincos de pedras brasileiras que sua mãe havia dado a ela quando fez quinze anos. Não fazia a menor ideia do nome das pedras. Só que eram semipreciosas, assim como as lembranças que seus pais guardavam de sua terra natal. Ela pouco sabia do Brasil. Os álbuns de retratos tinham ficado para trás, perdidos na mudança feita na calada da noite, com identidades falsas e pouca bagagem.

Desceu as escadas do alojamento num passo mais acelerado que o habitual, ganhou a rua e seguiu em direção à Buchtolt Brecht. Izmir a esperava numa mesa no fundo da livraria, com uma caixa que continha uma porção de coisas. Um livro sobre a história do cinema, que trazia fotografias de *Uma viagem à lua*, filme de George Méliès; um exemplar de *Da Terra à Lua*, de Júlio Verne; um cupom da HBO e outro de um serviço de *streaming* de música, no qual Izmir havia grudado postites amarelos com recados escritos à mão, para que Ulla assistisse ao filme *Gravidade* e ao clipe de *Tonight, tonight* dos Smashing Pumpkins. A garota começou a rir. "Mas, Izmir, você me trouxe até aqui só pra me dar uma caixa cheia de quinquilharias?"

"Não, claro que não. Você não entendeu nada."

"Então, me explique, por favor."

"No telefone, você me falou que a única música brasileira que sabia de cor era a melodia de uma canção que a sua mãe cantarolava quando você era criança. Quando você assobiou pra ver se eu conhecia, eu gravei. Fui pesquisar e descobri a letra. Você sabia que é uma música sobre a lua?"

"Não. Como eu te disse, só sabia a melodia e não falo português. Mas o que diz a letra?"

"Chama-se *Tendo a Lua*. A letra diz que tendo a lua aquela gravidade onde o homem flutua, merecia a visita não de militares, mas de bailarinos, e de você e eu."

"Nossa, agora fez sentido pra mim a minha mãe gostar dessa música. Ela costumava dizer que o número de homens que se dedicavam ao poder era sempre inversamente proporcional ao número de homens que se dedicavam às ciências e às artes. E que, por isso, os primeiros sempre acabavam dominando tudo."

"Acho que concordo com sua mãe. Na Turquia as coisas não andavam muito diferentes do Brasil na época em que meus pais imigraram. E o que mais ela dizia?"

"Não muito mais que isso. Sempre foi uma mulher um pouco triste, meio calada. Dizia apenas que escolheu vir pra Alemanha acreditando que aqui a civilização tinha chegado num nível mais aceitável...", voltou-se novamente para a caixa. "O que tudo isso aí tem a ver com a música da minha mãe?"

"Tudo! São obras de arte que tratam da lua, de como ela inspirou a curiosidade de artistas, cientistas, políticos e militares. Acho que só algo tão distante e belo poderia ser mesmo um denominador comum entre gente tão diferente. Como foi o mar, na época das grandes navegações."

"Nunca tinha pensado nisso. Na verdade, não penso muito nesse tipo de coisa."

"Sabe no que mais eu pensei? Você devia se tornar astronauta! Li no jornal que o programa espacial alemão será retomado no ano que vem. Acham plausível que haja na lua novas fontes de energia limpa. Estão selecionando cientistas para treinamento. Você tem todo o perfil."

"Astronauta? Eu? Você é completamente maluco! Nada a ver com o meu campo de atuação. Nem com a tal música que você desencavou do passado da minha mãe. A lua merecia ser visitada por alguém como você. Não por mim, que só entendo de números."

"Não seja por isso. Eu faço uma *playlist* de ópera pra você tocar lá no alto. Ninguém vai perceber que você é tão durona assim."

Alguns meses se passaram, muitas conversas como aquela vieram. Ulla chegou o mais perto que era capaz daquilo que se pode chamar de um enamoramento. Foram viver juntos. Ulla gostava de acompanhá-lo aos concertos de música clássica e aos recitais de ópera só para vê-lo derramar as lágrimas que ela não tinha pra gastar. Gostava de vê-lo emocionado, ainda que nunca fosse compreender genuinamente o que a música causava em Izmir.

Izmir, por sua vez, nunca lhe pediu filhos, embora adorasse estar rodeado dos sobrinhos e gostasse de fazer parte de uma família numerosa. Ele intuía que, de alguma forma, Ulla precisava cumprir um projeto de liberdade que havia começado no dia em que seus pais fugiram do Brasil. Um projeto que a própria Ulla jamais suspeitou que existisse dentro dela. Nem mesmo quando chegou o grande dia de botar seus pés na lua e nela fincar, pela primeira vez, a bandeira tricolor do país que adotou sua família, enquanto ouvia *Nessum Dorma.*

*

*　　*

PAULA NOVAIS FERREIRA

é escritora, Procuradora do Estado e advogada, formada pela UERJ — Universidade do Estado do Rio de Janeiro. Natural de Ewbank da Câmara, Minas Gerais, vive no Rio de Janeiro há mais de quarenta anos. Seu conto "Rescaldo do São João", que faz parte deste livro, obteve o terceiro lugar no Prêmio Anna Maria Martins, concurso de contos realizado em 2021 pela UBE — União Brasileira de Escritores.

este livro foi editado

na primavera

de 2022